うつは誰のもの？

あごら一音

AGORA Hitone

文芸社

はじめに

ささやかなカウンセリングルームを運営して、いつの間にか六年たちました。そのホームページのブログに、二週間に一回の頻度でエッセイを書き、こちらもいつの間にか一〇〇回を越えました。

エッセイを読み返してみると、クライアントの皆様との時間から感じたことや考えたことがよみがえり、「いつのまにか」歩んだ足跡がここにあるように思われます。

私たちは、言葉で自分を表現しコミュニケーションを取っていますが、言葉の表現を見つけたことで、そこに留まってしまうことがあります。「自分が嫌い」という表現で留まると、嫌いな自分を持て余し、意欲をなくしてしまいます。そこで「自分とは何だろう？」と考えていくと、好き嫌いの感情を越えた問題が見えてきます。

このエッセイ集が、心に引っかかって留まっている言葉を、ちょっと違った視点で考えるヒントになれば幸いです。

その時その時で、思いつくままのテーマで書いてきましたので、どこから読んでいただいてもいいし、その時の気分に合う章を探して、読んでいただいてもいいかもしれません。

気軽に自由に読んでいただければと願っています。

もくじ

1　自分が嫌いなあなたへ

日々、カウンセリングに来られる皆様に、自分をどう思っているかたずねると、ほとんどの方が「自分が嫌い」とおっしゃいます。

さて、あなたが嫌いな人と、四六時中一緒にいると考えてみてください。気が休まらず憂うつで、何とかその人から離れたいと思うでしょう。

嫌いな相手が自分でも同じです。いつも憂うつでやる気が出ず、そんな自分を変えたいと思うが変えられず、自分を責めてますます自分を嫌いになる……悪循環ですね。

自分を嫌いな状態とは、自分はダメだと自己判断していることなので、苦しくても、恥ずかしくて人には言いにくいですね。むしろ虚勢を張ったり、何の心配もないように見せかけたりして、内実はとても孤独です。

ところで、自分が嫌いになった原因は、自分にあるのでしょうか？

そもそも「自分」とは、果たしてどこからどこまでを指すのでしょう？

例えば、人に関心を持たれるとうれしくなり、力が湧いて、自己評価も上がります。人に全く関心を持たれないと、孤独で不安で、生きる意欲も乏しくなります。このように**「自分」とは周囲との関わりの中で常に動いているもので、自分一人でコントロールできるものではないのです。**

つまり、**「自分が嫌い」とは、自分の努力だけではコントロールできない困難な状況にあることを表した言葉なのです。**

「自分が嫌い」とは、「自分は困難な状況で苦しんでいる」と言い換えられるのではないでしょうか。

二〇一八年二月八日

2　孤独について

最近、イギリスに「孤独問題担当国務大臣」が誕生し、話題になっています。

二年前の二〇一六年、イギリスはＥＵ離脱の是非を問い、国民投票をおこないました。その最中、ＥＵ離脱反対派のジョー・コックス議員が、離脱を主張する過激派に暗殺されました。

ジョー・コックス氏は四十一歳の女性議員で、かねてから孤独が大きな社会問題であると訴えていました。

イギリスでは、約九〇〇〇万人の人々が孤独を感じ、その三分の一の人々が生き辛いという気持ちを抱えているそうです。孤独による健康被害は一日十五本の喫煙に相当し、就労意欲の低下による経済損失も大きいと言われています。

精力的に議員活動を展開していたコックス議員自身も、実は深い孤独感を抱えていたそうです。

イギリスでは、コックス議員の遺志を継ぎ、まずこの問題を担当する大臣を任命し、国として「孤独問題」に取り組もうとしているのです。

さて、孤独とは、どういう状態を指すのでしょう？

時には孤独になって、自分を取り戻したいという、必要範囲の孤独もあります。でもここで問題とされるのは、自分を苦しめる孤独です。

一人暮らしだから孤独？　でも大勢の中にいても、孤独を感じることはありますね。

誰とも心を分かち合えない、誰にも認めてもらえない、自分の価値を感じられないなどで、徐々に「自分」が消えていくような感覚になる、これが孤独の大きな問題ではないでしょうか？

この怖い感覚を押しとどめようとして、酒やギャンブルなどの刺激に頼ることもあるかもしれません。それらの刺激は一時的なものに終わり、孤独の問題はますます深くなります。

孤独の問題は、一人で取り組むのではなく、人と分かち合うことでしか改善しません。

しかし、その方法も手立ても分からなくなってしまうのが、この問題の難しさです。

カウンセリングに来られる皆様も、それぞれ抱えた個別の問題の底に、この孤独の問題が大きく横たわっていると思います。

二〇一八年二月十六日

3 オンリーワン

今は解散してしまった、国民的音楽グループSMAPの曲に「世界に一つだけの花」があります。歌詞もメロディーも親しみやすくて、幅広く愛されている歌です。

歌詞の一節に「No.1にならなくていい　もともと特別なOnly one」とあります。花にたとえて、私たち一人一人を「オンリーワン」と励ましてくれているようですね。

ところで、この「もともと特別なオンリーワン」という表現はその通りで、この地球上に、私たちと同じ人間は一人として存在しません。私たちは生まれながらにして、オンリーワンを生きる運命にあるのです。モデルとなりそうな人の真似をし続けても、その人と同じ人生を生きることはできません。

そんな私たちがオンリーワンの人生を生きるために、日々おこなっているのが、投影と取り入れです。

自分の気持ちを外に映し出すのが投影です。例えば夕方になると寂しい気持ちになりますが、これは寂しいという私たちが持っている感情が、夕方の情景によって引き出され、そこに映し出されるわけです。

人との間でも投影は、もちろん起こっています。相手を愛おしいと思うときは、自分の中にある愛情が引き出され、相手に投影されているのです。相手も同じ気持ちを投影してくれたら、同じ感情を共有できたことになり、幸せな一体感に満たされます。一方、ネガティブな感情を投影すると、相手が本当にネガティブな存在に感じられ、ますます不安を覚えたり怖くなったりすることがあります。

取り入れは、周囲の言葉や感情、考え方を取り入れ、自分の中で消化していくことです。

身体が食べ物を欲するのと一緒で、取り入れは私たちが生きていくために欠かせないものです。取り入れたものは投影され、そこで起こったことがまた取り入れられます。孤独や孤立が危険なのは、この取り入れや投影ができにくい情況になるからです。また心が傷ついた時、うつの時なども、この力が落ちてきます。

私たちの心は、こうやって日々の投影と取り入れを続け、オンリーワンの自分を作っていきます。投影や取り入れに支障があるとき、私たちオンリーワンの力は落ちてきます。私が日頃使っている表現では、「自分が減った」状態となります。この時こそ、オンリーワンの私たちに一人一人に寄り添った助けが必要なのです。

考えてみれば、オンリーワンの自分を作っていくこの投影と取り入れは、私たちの人間関係を作り、それが広がっていってこの社会ができているのです。ＳＭＡＰの曲に共感するのも、オンリーワンを生きる私たちの心があればこそと言えます。

二〇一八年三月一日

4　人生は劇場

昨年注目を集めた、東京都知事小池百合子さんの政治の展開は、「小池劇場」と呼ばれました。「劇場型」と言われ、ドラマのように敵と味方をハッキリさせるこの手法は、一見分かりやすく大衆を惹きつけます。私たち観客は感情をかき立てられ、ともすれば、冷静な思考を失いがちです。ドラマ仕立ての限界か、「小池劇場」は途中で失速しましたが、劇場らしくいろいろな役者が登場し、劇が展開していきましたね。

「小池劇場」はさておき、私たちそれぞれの人生も「劇場」と言えるのではないでしょうか？

主役はもちろん私たち一人一人ですが、シナリオを作って劇を演出するのも私たちです。この両方を務めなければいけないのが私たちの人生で、よく考えれば、とても大変なことを日々やっていると言えます。

私たちの中の主役と演出家は、互いに助け合い支え合う関係のはずですが、なかなかそうもいきません。このように演じてほしいという演出家の指示が出ていても、主役はそうできなかったり、逆に主役が演じていることに演出家の反応がなく、不安になったりします。人生がうまくいかないと感じるとき、よく分析してみれば、私たちの中はこのようにバラバラな状態になっているのかもしれません。

ところで、私たちの中にいる主役と演出家の関係は、どのようにしてできるのでしょう？

前回お話しした、身近な存在との間に起こる投影と取り入れの繰り返しで私たちの心の世界ができていきます。身近な人との関係や、身近な人同士の関係が、心の中の主役と演出家の関係に取り入れられます。互いを認め合う良い関係、敵対関係、支配的な関係、疎遠な関係など。

互いを認め合う良い関係がいつも中心にいれば、心は穏やかに保てそうですが、そうでない関係も入り込んでいます。そもそも互いを本当に認め合う関係は、敵対関係などの苦しい体験の後に得られることがあるものです。

例えば、自分の怒りを相手に投影すれば、相手も同じような感情を向けてきて関係は悪くなります。怒りはもともと自分の中にあるので、それを投影していることを認めない限り、関係は悪くなるばかりです。もし自分の中の怒りを認めることができたら、今までの自分を振り返り、自分を責めて落ち込みます。この落ち込みの苦しさを経て、初めて、相手のありのままを認めることができるようになります。**落ち込みは、心の危機ではありますが、成長につながるチャンスでもあるのです。**

このような心の体験が人との関係を変え、私たちの中の主役と演出家の関係も変えていきます。主役と演出家が認め合う良い関係になるにつれ、人生の劇場を自分らしく生き生きと運営していけるようになるでしょう。

最後に、小池さんが先の「小池劇場」から味わった落ち込みを経て、互いを認め合う度量の大きな政治家になられることを期待しましょう。

二〇一八年三月十六日

5 「自分」は増やせる？

「自分が減った」状態は不安なもの、お金が減っていくのと似ています。お金を増やす方法は、いろいろありますね。でも減った自分を増やす方法は、なかなか見つからないものです。

精神を鍛えられそうな本を読む、目標を立てて努力する、修行するなど、ひたすら自分が頑張らないといけないことばかりが思い浮かびます。でも、自分が減っているときは、このような努力自体、苦しいものです。

それでも頑張って努力したとしても、果たしてこれで自分が増えるでしょうか？　多分、努力したことで多少不安は和らいでも、一時的なものに終わるでしょう。

なぜなら、自分とは「自らの分」と書きますが、人との関係の中で、自らの分は増えたり減ったりしているからです。人と関わる中で「自らの分」を増やさない限り、自分は増えることはないのです。

そういえばお金を増やすのも、働いて給料をもらったり、ものを売ったり、投資をしたりと、人との間でやり取りがあってのことですね。「自分」とお金はこのように、人との間で動いて増えたり減ったりする似たもの同士です。

ところで、共感という言葉がありますが、これは自分と人の思いが重なり合うことで、共感することで人と人はつながっていきます。白い部分と黒い部分が重なり合うと、グレーの部分ができますね。**共感はこのように重なり合ったグレーの部分、自分と他者との間に存在する第三の領域です。**

実は、このグレーの部分を増やすことが、自分を増やすことにつながります。

自分が減った時は、このグレーの部分、つまり他者との間の共感し重なる部分はほとんどなくなっています。グレーの部分がないと孤独で、自分を責めたり周りを責めたりして、さらに自分が減っていきます。

そこで自分に寄り添うような共感が得られると、重なり合ったグレーの部分が少しずつできてきます。それにつれて、自分を責めたり人を責めたりする苦しい思考から解放され、お互いを認め合う思考へ変わっていきます。こうなって初めて、自分の気持ちを大切にし、自分らしい生き方を探ることができるようになります。

つまり、グレーの部分に支えられて自分らしい人生を送ることができ、それがさらに自分を増やしていくという良い循環ができるのです。

このグレーの部分、第三の領域は、自分であって自分でない部分と言えます。グレーの部分は一人では作れませんし、また誰とでも作れるものではありません。

このグレーを探し求め作っていくことが、私たちの人生の歩みそのものと言えるかもしれませんね。

二〇一八年四月三日

6　バラのつぼみ

五月も近くなり、そろそろバラの季節ですね。近くの公園のバラのつぼみが開花を待っています。

ところでこの「バラのつぼみ」という言葉、映画ファンならピンとくるかもしれませんね。二十四歳の若きオーソン・ウェルズが監督、脚本、主演した映画「市民ケーン」で、主人公が死の間際につぶやく言葉です。映画は、この言葉の謎を解こうと、ある人物が主人公ケーンの関係者を尋ねたり、記録をたどったりする過程の中で、彼の人生が描き出されていきます。

ケーンは新聞王から始まって、次々と事業を拡大し、大企業主として君臨します。広大な敷地に動物園まである王宮のような屋敷に住み、無数の美術品を収集するなど、けた外れの生活を送っていました。しかし家族、友人はすべて去り、孤独な生涯を終えます。

少年時代に偶然の出来事から金鉱山の権利書を手に入れたケーンは、青年となって新聞社を買収しマスコミ業に乗り出します。しかし彼は、真実を伝えるより、売れるニュースを流し、売り上げを拡大します。そして政治家に立候補しますが、愛人問題で落選、家族は去っていきます。そのオペラ歌手を夢見る愛人（二番目の妻）のためオペラハウスを建てますが、彼女は歌も演技も下手で、ケーンの親友の記者から酷評されます。ケーンはそれを認めようとせず、親友を解雇し、二番目の妻も去っていきます。

物質主義の虚しさを描いたとも言えそうなこの映画には、ケーンがしみじみと自分の心を語るシーンはありません。「バラのつぼみ」というみずみずしい言葉が何を象徴しているのかは、いくつかのヒントは提示されるものの、解釈は私たち観客に委ねられます。

私がカウンセリングルームでお会いする皆様は、一様に自分で自分が思い通りにならないという困難を抱えて来られます。そして、困難の原因は自分にあると思っています。困難な状況も原因も、そして「原因は我にあり」と判断するのも自分です。このようにすべてを抱え込んで孤独になっているのは、先の「市民ケーン」と共通するかもしれません。

このような**困難な状況を「話す」ことで、少しずつ困難を「放す」ことができます。**困難から解放される過程で、見失っていた自分が徐々に見えてきます。もしかしたら、それが「バラのつぼみ」なのかもしれません。

ちなみに、現在のアメリカ大統領トランプ氏の好きな映画は「市民ケーン」だそうです。なぜトランプ氏はこの映画を選んだのでしょう？　これも「バラのつぼみ」と同じく謎です。

二〇一八年四月二十三日

7　雨過天青《うかてんせい》

雨が降り続いた後の晴れ上がった青空は、今までのうつうつした気分を吹き飛ばしてくれます。お天気一つで、私たちの気分はすっかり変わりますね。

ところで、昔から作るのが難しい焼き物として知られているのが青磁です。青磁の色は実は広義には黄褐色から青、緑まで幅がありますが、追い求められたのは青い色です。十世紀の中国後周の皇帝・柴栄《さいえい》は、「『雨過天青雲破処』の器を持ち来たれ」と命令しました。「雨過天青雲破処」とは、雨が上がり雲の間から見える青空です。降り続く雨がやんだ後、雲が破れて澄んだ青空が覗きます。雨が上がっていく時間の経過も、まだ湿り気を帯びた空気の中で澄んだ青空に出会う感動も感じさせてくれる言葉です。

この青空の色を焼き物で表現せよという命令が、皇帝から発せられ、陶工たちはそれに応えるべく挑み続けました。それから二百年後、北宋の汝窯《じょよう》で「雨過天青雲破処」の青磁がやっと焼き上がったのです。

この言葉は現代でも生きています。科学の発達した現代でも、青磁は難しい焼き物です。うわぐすりの調合、かけ方、焼く温度など、微妙な違いで成否が決まり、なかなか思うような作品はできません。しかし「雨過天青雲破処」を目指して、現代に至るまで陶芸家たちは青磁に挑んできました。

心が苦しい時、大勢の中にいても深い孤独を感じる時、それは暗い空のもと、いつまでも降り続く雨の中にいるような気分かもしれません。先の見えない不安を抱え、世界にたった一人取り残されたようです。この取り残された自分を見つけるためには、自分の心の世界を探索することが必要です。

心の世界は原始の森のようなものです。道案内ができ、一緒に探索してくれる人がいないと入るのが難しく、入ったとしても迷ってしまいます。もし案内人（カウンセラーなど）と協力して苦労しながら探索し続ければ、いつか「雲破処」に至るでしょう。厚い雲で覆われていた一角が破れ、青空が覗くように、見失っていた自分と出会えるのです。「雨過天青雲破処」という言葉に導かれ、青磁を追い求めた陶芸家たちに、言葉の持つ力を教えられます。心の世界も、思い浮かんでくる言葉、それに答える案内人との言葉のやり取りが道を作っていくのです。その中で、自分を支えてくれる宝物のような言葉に出会うことが、きっとあるはずです。

二〇一八年五月二十日

8　あの子を探して

「あの子を探して」は一九九九年の中国映画（チャン・イーモウ監督）です。

貧しい村の小学校の代理の教員となった十三歳の少女ミンジ。子供たちの指導はできず、悪童のホエクーに困らされます。ところが、ホエクーは突然、病気の親のため町へ出稼ぎにやられ、いなくなります。生徒を減らさないよう言われているミンジは、何とか連れ戻したいのですが、町へ行くバス代もありません。生徒たちと知恵を出し合い、ようやく町へ出発します。苦労して町へ着きますが、ホエクーの行方は杳《よう》として分かりません。万策尽きたミンジは町のテレビ局に行き、訴えます。そしてついにテレビに出演し、ホエクーに呼びかけ、再会を果たします。

まるでドキュメンタリーを見ているような映画です。

十三歳の代理教員ミンジは、最初は何もできず硬い表情です。ホエクーを探すため、生徒たちと話し合い、少しずつ教師らしくなっていきます。町ではホームレスのような生活をしながら、ひたすらホエクーを探し続けます。テレビでホエクーに呼びかける時、ミンジは初めて感情を表し涙を流します。

十三歳の少女が背負っている現実は、理不尽なものです。貧困、都会と農村の格差、子供も労働力にされる現実。この映画では、大人たちが多少いい加減でも、子供たちの声を聞いてくれます。貧しく厳しい現実の中で、子供も大人の社会に組み込まれ、あてにされるという現実があるのです。そこでミンジは大都会の中でホエクーを探し出すという、十三歳の少女には不可能と思われる難題に取り組むことになったのです。

苦難の末、ホエクーを探し出したミンジは、笑顔で子供たちと向き合います。自分の力を信じ、生徒たちを愛おしく思う気持ちを持つことができるようになった教師の姿です。

心が成長するとはどういうことか、考えさせられる映画です。

自分の意志を持つことと行動すること、当たり前ですが成長には絶対に必要なことです。先が見通せない行動には不安がつきまといます。外界から来る不安、心に生じる不安と戦いながら行動し続け、意志が実現する時、それまで体験していなかった深い感情が生まれます。そして感情が生まれる時、心からの言葉が生み出されるのです。

ミンジが涙を流して発した言葉は何だったのでしょう？　ぜひ、映画を見てください。

カウンセリングの場でも、抑えつけられ見失った感情を、時間をかけて探していきます。ミンジのように、あきらめずに。

その感情を探し出した時、自分だけの言葉が生まれ、心の成長が再び始まります。

自分の中にいる「あの子を探して」です。

二〇一八年六月十六日

9　ジキルとハイド

『ジキル博士とハイド氏』は、十九世紀の末にスティーヴンソンによって書かれた、あまりにも有名な物語です。

ジキル博士は、薬によって全く別人のハイド氏という、衝動性に任せた凶悪な人格になる方法を手に入れます。ジキル博士は、両方の人格を行ったり来たりして、楽しんでいました。しかし、だんだん薬のコントロールが効かなくなり、ハイド氏からジキル博士に戻れなくなって悲劇的な結末を迎えます。

この話は、今でも私たちの心を捉えます。これほど極端でなくても、社会的に課せられた役割を解き放って、自由に過ごしたい願望は多くの人にあるでしょう。

この話では、ジキル博士は理性、ハイド氏は感情を象徴する存在として描かれています。

私たちは成長するにつれ、周囲に適応する自分、つまり理性を優先させ、感情は抑えることが多くなります。多くの人は、自分のコントロールの範囲でこれをおこなっています。しかし、不当に感情を抑えつけられたり、感情を分かち合ってくれる人がいなかったりすると、自分の感情を抑え込んだまま、周囲に合わせた仮面のような人格を作ることがあります。「偽りの自己」と言われるのがそれです。

この人格を作ると、自分の感情がよく分からなくなってしまいます。しかし、感情はどこかに存在し、常に自分の存在を脅かすような不安感や怒り、虚しさとなって感じられます。自分にとって大事なものは、周囲よりも自分の中から湧き出る感情ですから、それを見失ったのは大変なことなのです。

この感情は何かのきっかけでひょっこり出てきて、抑え込まれた感情をまき散らし、仮面の人格は一生懸命それを抑え込もうとします。しかし、周囲に合わせて作った仮面の人格では抑えきれません。その感情を酒やギャンブルなどの刺激でなだめているうちに、だんだん酒やギャンブルをやめられなくなります。まさにジキル博士とハイド氏のように、力関係が変わってきた状態です。

仮面を作るのは防衛のためなので、ほとんど自動的におこなわれ、判断の余地はありません。いったん仮面が作られると、簡単に取り外しはできず、私たちの人格の一部のようになっていきます。**この仮面を外して隠された感情と向き合わない限り、いつまでもコントロールできない感情に苦しめられることになります。**

ちなみに隠されているのは、抑え込まれた怒りや寂しさなどのつき合いにくい感情です。しかし、向き合うことで、私たちを成長させてくれる大切な感情なのです。

もちろん仮面を外すには、外してもいいという安心感と、それを保証してくれる環境が必要ですが。

ジキル博士とハイド氏の話も、仮面の人格と隠された感情の話と読めないこともありません。ハイド氏はジキル博士の隠された大切な感情で、ジキル博士は薬を使ってそれを取り戻そうとした故の悲劇なのでしょうか。

二〇一八年七月六日

10　天岩戸は開いた！

天岩戸《あまのいわと》神話は、私たちにはなじみ深い話です。

空の上の高天原《たかまがはら》に暮らす、太陽の神・天照大神（アマテラス）と須佐之男命（スサノオ）の姉弟がいました。弟のスサノオは暴れん坊で、田んぼの畔を壊したり、馬の皮を剝いで機屋に投げ入れたり、いたずらも度が過ぎていました。怒り悩んだ姉のアマテラスは、天岩戸という洞窟に隠れてしまいます。太陽の神が隠れたので、世の中は真っ暗です。しかし、アマテラスはかたくなに天岩戸から出てきません。

困った神様たちは相談し、天岩戸の前である催しを始めました。女性の神様が面白おかしく踊って、周りははやし立てます。あまりに楽しそうなので、アマテラスは天岩戸をちょっと開けて外をのぞきました。なぜ騒いでいるか聞くと、ある神様が、アマテラスより美しく立派な神が見つかったからと言って、鏡にアマテラスを映して見せました。それが自分と気づかないアマテラスは、新しい神をもっとよく見ようと、さらに岩戸を開きます。その時、手力男命（タヂカラヲ）という力持ちの神様が一気に岩戸を開けました。

アマテラスは外に出て、世界は再び明るくなりました。スサノオも反省して出雲の国に行き、自分の力を世の役に立てました。

アマテラスは弟のいたずらに、怒りや無力感を覚えたのでしょう。天岩戸に引きこもってしまいます。アマテラスにどうやって出てきてもらうか、神様たちの考えた方法が面白いですね。うつうつしているアマテラスに同調するのではなく、賑やかに楽しんで気を引きます。そして代わりが見つかったと言ってアマテラスを焦らせますが、実は鏡に映ったアマテラス自身です。落ち込んだ気分をうまくそらせて、自分と向き合わせ（＝鏡に映す）、最後の決断（＝外に出る）を助けたのです。

アマテラスは弟の問題で落ち込むことをやめ、世の中を照らすという本来の役割に戻りました。そうすると弟も自立し、自分の役割に目覚めていったのです。

親子、夫婦、同胞など、距離の近い関係では、相手の問題が自分の問題に感じられやすいものです。共感は大切ですが、相手の問題を我が事として悩んでいると、相手は問題意識が薄れ、同じことが繰り返されます。

この話では、度の過ぎたいたずらをしたのはスサノオなので、アマテラスではなくスサノオが悩まないといけなかったのです。アマテラスは天岩戸に逃げ込んでスサノオと距離を取り、このことに気づいたのではないでしょうか？　しかし、いったん入った天岩戸を出て現実に戻るには不安があります。その時、アマテラスを待っていた神様たちが、万全の態勢で天岩戸を開ける手伝いをしてくれたと言えます。

ともすれば深刻になりそうな問題を、おおらかに明るく解決していった神話と言えそうです。

二〇一八年八月一日

11　人生劇場の役割

「4　人生は劇場」で、私たちの中には主役と演出家がいて、両者が協力して人生という劇場を営んでいるという話をしました。今回は人生という劇の中で取る役割について考えてみましょう。

私たちの人生は、親から生まれた赤ん坊として始まります。親という存在に対し、私たちは子供という存在です。このように、私たちは単独で存在するのではなく、親に対して子供、子供に対して親というように、相対的な関係の中で存在しています。この関係を成り立たせているのは、お互いの役割です。

人生では、子供という役割、学生という役割、社会人という役割、夫（妻）という役割、親という役割など、次々と役割が変わり増えたり減ったりします。役割は相対的ですから、相手次第で、役割の内容が変わってきます。それぞれの役割には必要とされる特性（アイデンティティ）があり、それを満たすよう行動することが求められます。例えば、親は仕事をして生活費を稼ぎ、子供を見守り成長を助けることを求められます。子供は、親に守られ自分の欲求を表現しながら、ルールや知識を身につけて成長していくのが役割です。

もし親がこの役割を取らなかったらどうなるでしょう？　子供が親に代わり生活の心配をしなければならなかったり、知識やルールを身につけることができなかったりします。

何より、親に守られるという安心感が得られず、不安に満ちた人生を送ることになります。

このように、相対的な存在である私たちは、相手次第で、のびのびと自分を発揮したり、逆に自分を抑えて相手に合わせたりします。役割は私たちに生きる場を与えてくれますが、私たちを抑えつけ苦しめることもあるのです。

ところが、**どのような関係の中で、どのように役割を演じているかは、自分にはなかなか分からないものです。**近い関係であるほど、私たちには関係が相対的ではなく、絶対的関係と感じられ、役割という捉え方はできにくいものです。確かに、人生の始まりに、どのような親のもとに生まれるかは選びようのない絶対的なものです。しかし、その後どのような関係の中で、自分がどのような役割を取ってきたかは、見直していくことができます。

そのためには、**観客の視点でひたすら自分に焦点を当て考えていくことが必要です。**自分に焦点を当て続けることで、絶対的と思えた関係が、徐々に相対的なものになり疑問も湧いてきます。そこで、役割を通した言葉や行動の奥には、どんな感情があるか見てみましょう。**ほどほどの満足感があれば、役割を通して自分を発揮できています。怒り、虚し**

さなどの感情が強ければ、今の役割は自分を抑えつけているのかもしれません。この怒りや虚しさという苦しい感情は他者に向けられたり、自分に向けられ気分が落ち込んだりします。この感情が役割から生じているという認識があれば、役割の取り方を変えたり、それが難しい場合は、役割を離れてみるなど、具体的な方法が考えられます。

人生は劇場です。役者であるとともに、観客となって自分の役割を見る視点が必要ではないでしょうか?

二〇一八年八月二十一日

12　「リンゴ追分」と「花束を君に」

「リンゴ追分」は美空ひばりさんが歌った一九五二年の歌、「花束を君に」は、宇多田ヒカルさんが作詞作曲して歌った二〇一六年の歌です。その隔たりは何と六十四年、半世紀以上という長さです。

しかし、この二曲には共通点があります。両方とも母親を失った悲しみを花に託して歌っていることです。「リンゴ追分」では「りんごの花びらが風に散ったよな」で始まる歌詞がそれを象徴しています。この歌は、言葉数の少ない歌詞で、「え～～」と長く伸ばしながら起伏する音階の流れが感情の流れとなり、心に染み入ります。また、歌詞ではなく、途中に入るセリフで母親の死が語られ、歌がそのセリフを包み込むような構造になっています。

敗戦から七年しか経ってない一九五二年の日本は、まだまだ大きな喪失感を抱えていたでしょう。「リンゴ追分」では、美しい花が散る描写と起伏に富んだメロディーが、深い喪失感とそれを癒やすような自然の美しさを表現しています。そして、美空ひばりさんの哀愁を帯びて深く包み込む声が、詩の世界を歌いあげています。

「花束を君に」は、個人の内面のドラマです。母親の死に言葉を失いながら、懸命に言葉にならない思いを表す言葉を探し続ける主人公。そして「涙色の花束」という象徴的な言葉が生まれます。このドラマを、起伏に富んだメロディーと優しく深い歌声が表現しています。「リンゴ追分」では寄り添ってくれる自然があるのに対し、「花束を君に」では「涙色の花束」は主人公の創作です。それだけに「花束を君に」には深い孤独感があり、「毎日の人知れぬ苦労や寂しみ」という表現にもつながっています。

喪失は私たちの人生にとって、避けがたい大きな出来事です。かけがえのない存在を失うことは、自分の一部を失うような苦しみとなります。もともと失われている喪失もあります。前回お話しした、親が親の役割を取れない場合など、最初から親を失っている状態です。このように存在はあっても機能していない場合も含め、どのような喪失も激しい苦しみを伴います。喪失に伴う強い不安や虚しさが私たちを蝕み、生きる力が減ってきます。まさに、自分が減った状態です。

「リンゴ追分」も「花束を君に」も、喪失の中から生まれ、言葉にならない思いを表現した歌です。それだけに、喪失の辛さに向き合い、寄り添ってくれる深い力を感じます。時間や空間を超えて、今ここに存在してくれる歌たちです。

二〇一八年九月五日

13　浦島太郎

浦島太郎伝説は、日本のあちこちにあるようです。古くは『日本書紀』や『お伽草子』にも登場する物語です。

あらすじはご存じでしょうが、簡単に書きます。

漁師の若者、浦島太郎は、ある日海辺で子供たちにいじめられている亀を助けます。数日後、海辺にその亀が現れ、お礼をしたいと言って太郎を背中に乗せ、海中の竜宮城に連れていきます。そこには美しい乙姫様が待っていて、太郎を歓待してくれます。楽しい日々を過ごすうち、太郎は両親のことを思い出し陸に帰る決心をします。名残を惜しんだ乙姫様は、お土産に玉手箱をくれますが、決して開けてはいけないと言います。竜宮城を後にして、太郎は元の海辺に戻りましたが、会うのは知らない人ばかり。実は長い年月が経っていたのです。途方に暮れた太郎は、思わず玉手箱を開けてしまいます。箱からは白い煙が立ち上り、太郎は白髪のおじいさんになりました。

何とも不思議な気持ちにさせる物語です。せっかく亀を助け、乙姫様にも歓待されたのに、一気に年を取って人生の終末期を迎えるとは！

この物語にはいろいろな解釈があります。あまり解釈しても味気ないものですが、私も考えてみました。

いじめられている亀を助ける、正義感の強い太郎ですが、生きていく上では思い通りにならないことが多々あるでしょう。魚が獲れる日もあり、獲れない日もある。両親を抱えて、生活の苦労もあるでしょう。

海の中の竜宮城は、そんな苦労がない、すべて思い通りになり自分が主役になれる世界です。陸の上の世界が**現実の世界**、海の中の世界が**願望の世界**と言えます。

私たちには、この両方の世界が必要です。現実の世界はなかなか思い通りにならず自分中心とはいきません。しかし自分を認めてくれる存在や場所（願望の世界）があれば、自分を中心に保つことができます。この両方の世界を行ったり来たりして、心のバランスを取りながら私たちは生きています。

この願望の世界は、乳幼児期にすべてを受け容れてもらった世界に通じます。いわば、私たちの人生の土台と言えます。もし、乳幼児期にこの安心感を得られなかったり、現在の状況において欠乏していると、現実に翻弄されることの多い辛い人生になります。その時、この辛さを麻痺させたり、逃れたりすることを求めるようになるかもしれません。辛さを麻痺させるものはいろいろあります。例えば酒の酔いやギャンブルの刺激など。

浦島太郎の行った竜宮城は、現実の辛さを麻痺させる現実逃避の要素が強かったのかもしれません。酒に酔うと記憶をなくすように、月日の記憶をなくしてしまい、実は長い年月が経っていたのでしょう。

太郎は竜宮城にいたほうが幸せだったのでしょうか？　私は、年は取ったとしても、現実に戻れて良かったと思います。思い通りにならないことも含めて、自分の人生を取り戻したのですから。

二〇一八年九月二十五日

14　世界は存在しない

「世界は存在しない」――これは、ドイツの若い哲学者、マルクス・ガブリエルが唱えている考え方です。彼は現在三十八歳。あの資本論のマルクスと、天使ガブリエルの組み合わせの名前も壮大ですが、哲学者らしからぬ語りの軽快さも魅力です。名付けて「哲学界のロック・スター」、スケートボードでテレビ局のスタジオに登場したりします。と、ここまでは、テレビのドキュメンタリー番組から得た知識です。

考えてみれば、私たちは確かに「世界」というあいまいな言葉を前提にして生活しています。世界という全体性が存在し、その中に私たちがいるというわけです。それは、私たちが「自分」の存在を考える時にとても分かりやすい設定です。しかし、マルクス・ガブリエルは「世界」という全体性は存在せず、個別の事象が網の目のように重なり合っているだけと言います。

世界という全体を想定したくなるのは、我々を包み込む器として、また我々が活動する舞台として、世界という概念が必要だからでしょう。

例えば「自分」が減った状態の時、「自分」の空っぽさに比べ「世界」はとてつもなく大きく動かしがたいものに思えます。そして「自分」には何の価値もないと感じエネルギーが衰えます。この状態は、本当に苦しく孤独なものです。

この状態から回復し自分が増えてくると、感情がよみがえり、日々努力していることが実感されるようになります。徐々に「世界」に押しつぶされなくなり、エネルギーが湧いてくるようになります。

このように「世界」を想定すると、一見分かりやすいのですが、実は「世界」という言葉に自分の不安や期待を投影しているだけかもしれません。

トランプ大統領の登場以来、「〇〇ファースト」という言葉が脚光を浴びてきました。

トランプ流で〇〇ファーストを成り立たせるには、周囲を攻撃して従わせたり、排除したたりする必要があります。それは結局孤立につながり、周囲と断絶した「〇〇ファースト」となります。

同じように、周囲を従わせようとする「自分ファースト」は、孤立につながり、結局「自分」が減ることになります。「世界」との対比で「自分」を捉えていると、こうなりやすいかもしれません。そこで、**「世界」という想定を手放して、今の自分をありのまま受け容れることが「自分」を減らさないための第一歩となりそうです。**ガブリエル氏流に言えば、〝世界は存在しない、存在するのは今ここにいる自分〟なのです。

今ここにいる自分を実感し、ありのままの自分を受け容れるという生き方。これが本来の「自分ファースト」ではないでしょうか。

二〇一八年十一月十七日

15　オリヒメの力

分身ロボット「OriHime（オリヒメ）」は、吉藤健太朗さんが主宰するオリィ研究所が開発したロボットです。体が動かない人、不登校になった人など、孤独に陥り外に行けない人が、分身ロボットオリヒメを現場に置き、遠隔操作でその場の活動に参加します。カメラで状況を見て喋り、顔や手や体を動かすので、その場で活動しているのと変わらない体験ができます。仕事も可能で、オフィスのテレワークやカフェの店員の仕事などが試みられています。

吉藤さんは病弱のため、小学五年から中学三年まで不登校で引き籠っていました。その時味わった、言葉を失うほどの強い孤独体験がオリヒメ開発の原点になっているそうです。

人は自分の役割を得る中で、自分の存在を感じ認めることができます。物理的に社会に出られない人が、今のままの位置で役割を持ち社会参加できるのは画期的なことです。今の社会は、大多数の身体が動く人、動ける人に沿って作られてきました。どのような人の在り方にも対応できる社会を作ることが、これからの私たちの課題ですが、オリヒメはその課題を大きく前進させせてくれました。

今度は心が動かなくなった時を考えてみましょう。大きな不安に襲われたり、自分を否定する気持ちが強くなった時、人は孤独感を抱え心が動かなくなります。この辛さから逃れるため、人は酒やギャンブルなどに逃避をすることもありますが、根本的な不安が消えることはありません。心の苦しみは身体の苦しみほど外に表れず、個人が抱え込んでしまうことも多いものです。本当は、この心の苦しみをもっと共有することが、互いの理解や助け合い、そして対立のない社会につながるのではないでしょうか?

さて、この孤独感・不安に寄り添ってくれるロボットがあればいかがでしょう。人が今まで味わったこの苦しみをすべてデータで持っていて、どんな苦しみにも共感してくれるロボット。決して責めたり評価したりせず、ひたすら寄り添ってくれるロボット。そんなロボットがあれば、傷ついた心が少しずつ癒やされて、再び動き出せそうです。これってもしかしたら、ドラえもんの大人版かもしれませんね。夢物語のようですが、心の存在にもっともっと光を当てて研究していけば、いつか可能な夢ではないでしょうか。

オリヒメが身体が動かない人の分身ロボットなら、こちらは、いわば心が動かなくなった人を温めるロボットです。名前はとりあえず、〝オリヒメハート〟ではいかがでしょう。

二〇一八年十二月二十八日

16　三人の怒れる男たち

現在の世界の中心となっている大国は、アメリカ、中国、ロシアの三国です。かつてのアメリカ、ソ連を中心とした世界を二分する東西冷戦とは違ったバランスが働いています。

この三国のリーダーたちについて考えてみると、ある共通の特徴があるように思えます。

それは、かつての栄光の復活が、政治の目標になっていることです。

アメリカのトランプ大統領はアメリカファーストを掲げ、かつて栄えた製造業を復活させ、自国の生産品を高く売り、他国民を排除しようとします。中国の習近平主席は、かつて世界の中心を自負した中華思想の現代版とも言える「一帯一路」政策を推し進め、周辺国との交通網を広げつつ傘下に収めていっています。ロシアのプーチン大統領は、旧ソ連の秘密組織ＫＧＢの出身です。ソ連は広大な領土や支配国を持ち、アメリカと世界の勢力を二分しました。プーチン大統領は、そのようなかつての力を取り戻そうとしているように見えます。

私たちも失意の時は、ついかつての栄光を取り戻したくなります。同級生の中で輝いていた自分、仕事で成功を収めた頃の自分など。何かを失って傷ついた心は癒やしを求めるものです。そんな時、過去の栄光を取り戻せば、心に空いた穴も一気にふさがって癒やされそうです。でもそれは過去の栄光で、現在のことではありません。

三人のリーダーたちも過去の栄光を求めてままならず、怒っているのでしょうか？　独断的な言動が目につきます。

現代社会は、地球の温暖化や経済格差、難民問題など、たくさんの問題を抱えています。

本当はこの三国が力を合わせてこれらの問題に取り組み、新たな解決策を模索することが失意を乗り越えることにつながります。新しいものを創造していく過程こそが、本当の意味で私たちを癒やしてくれるはずですから。でも現実は、三人の怒れる男たちが、それぞれ別の方向を向いているように見え、とても残念です。

二〇一九年二月八日

17　マンホール・チルドレン

「マンホール・チルドレン」は先日ＢＳ放送で放送されていたドキュメンタリーです。モンゴルは、二十世紀末に社会主義体制が崩壊して大混乱に陥りました。体制の崩壊とともに経済も崩壊したため、親は子供を養えず、大量の孤児が生まれました。首都ウランバートルでは、そんな孤児たちがマンホールをねぐらとして暮らし、マンホール・チルドレンと呼ばれました。その数四〇〇〇人余り。冬は零下四〇度にもなるウランバートルですが、マンホールの中には暖房の配管が張り巡らされ、孤児たちはそこで寒さをしのぎ、生き延びたのです。

番組では孤児の中の、ボルトとダシャという二人の少年と、オユナという少女の人生を追っていました。同郷のボルトとダシャは友情で結ばれ、厳しい境遇の中で助け合っていました。オユナは歌の好きな笑顔の絶えない少女で、孤児たちの太陽のような存在でした。

ボルトとダシャはゴミ拾いをしながらマンホールからの脱出を目指しました。オユナは結婚しましたが、マンホール・チルドレンだったことがばれて離婚され、戻ってきました。傷ついたオユナを巡ってボルトとダシャは対立します。その後の人生の壮絶な紆余曲折を経て、現在のボルトとダシャが描かれています。マンホール・チルドレン時代から二十年、二人とも仕事と家族を持ち、友情は復活していました。

社会が混乱すると、そのしわ寄せは子供たちに向かいます。一般に人々は、子供は無邪気で思慮が発達していないと思っていますが、そうではないのです。十三、十四歳のマンホール・チルドレンの三人は、最下層の存在として社会の差別や偏見にさらされながら、この境遇から脱出するにはどうしたら良いかを考え、日々行動しています。

三人の心の中には愛情があり、それが彼らを絶望や無力感から救い、現実の人間関係を作っていけたのだと思われます。しかしオユナは、離婚後に味わった絶望感から回復できませんでした。

心の中の愛情とは、ボルトの場合、遠くにいる母親の信頼に基づくものでした。物乞いまでして苦労した母親ですが、ボルトを深く信頼し、ボルトもその信頼に応えたいと思っていたのです。親から子供への最大の贈り物は、存在に対するゆるぎない愛情と信頼です。

それにしても、マンホールという、社会の下層のさらに下層の場所で、子供たちだけで生き抜き、それぞれの人生を作っていったことに、深い感動を覚えずにはいられません。

モンゴルのマンホールは、今は封鎖されているそうです。マンホールは孤児たちが逃げ込み、守ってくれた場所です。家庭でも施設でもありませんが、孤児たちを生き延びさせてくれた場所があったのです。

二〇一九年三月五日

18　オレオレ詐欺

現代の犯罪と言えば、やはり気になるのが「オレオレ詐欺」です。この犯罪の特徴は何と言っても、電話を使って家族に成りすまし、家族を思う気持ちを利用することでしょう。ただ、なぜ最も親しいはずの子供や孫の声が分からないのか、不思議だと言われてきました。しかし考えてみれば、「オレオレ」とのっけから言われれば、こんな表現をするのは普通身内しかいないわけです。さらに切羽詰まった声で、事故を起こした、金を使い込んだなどの窮状を訴えられると、何とかしなければと身内を思う気持ちが湧きます。

人の心には、それまでの人との間で体験したさまざまな感情が溜まっています。親や家族に愛された体験は、愛情として心に存在し、その感情を外に向けることで、他の人との人間関係を作っていきます。オレオレ詐欺は、被害者にこの愛情があるからこそ成り立つのです。心に溜まっている感情には、怒りや不安などのネガティブな感情の場合もあります。この時は、相手に共感する余裕はありませんから、電話をかけてきた、事故や使い込みをしたと語る相手を責め、詐欺は成り立たないかもしれません。

だます側は、リーダー、電話係、見張り役、受け取り役（受け子）などキチンと役割分担し、ノルマを課したりと、まるで会社組織のようだと言われています。しかも仕事の目的を明確に示し、〝社員〟の士気を高めようとしているようです。

電話で「オレオレ」と言って、相手を信じさせる役の人には、どんな感情が溜まっているのでしょう。十分な愛情に恵まれず、寂しさ、怒り、悲しみなどを抱えているとしたらどうでしょう。このような感情が、さらに電話をかけた相手の愛情を引き寄せるかもしれません。また詐欺グループも、このような感情を抱えた人々をまるで家族のような親密さで取り込んで、犯罪者に仕立てていくことも多いでしょう。

オレオレ詐欺は、このように現代社会の縮図のような要素を持ち、それぞれの抱えている感情が底流に大きく存在しています。対岸の火事と思わず、自分の抱えている感情を振り返ってみることも大事なことではないでしょうか。

二〇一九年三月二十八日

19　男女の格差

近年、反響を呼んだ本に『サピエンス全史』があります。書いたのは、イスラエルの歴史家ユヴァル・ノア・ハラリ氏です。この本は、非常にユニークな歴史観に満ちています。例えば、人類が狩猟生活から農耕生活へと変わったこと（農業革命）を、私たちは文明の進歩と信じてきました。しかしハラリ氏は、農業は長時間労働と身体への負担、貧富の差の発生、先行きへの不安などをもたらし、決して人類を幸せにしなかったと語ります。主食となった小麦や稲などから見れば、人類は終日小麦や稲の世話をさせられ、その上、一地方の植物に過ぎなかった小麦や稲を世界中に広げていく手助けをさせられたわけで、いわば人類が家畜化されたという見方をします。

このように、新たな視点を次々に提供するハラリ氏ですが、男女の格差の歴史には困惑しているようです。なぜ人類は、家父長制を普遍的に守り続け、男性が女性を支配し続けてきたのか、男性の何が女性より優れているのか、ハラリ氏は考察を続けますが答えが見つかりません。弱い動物である我々人類の最大の利点は、協力する能力にあります。なぜ、野心的で競争的で、あまり協力的でない個体（男性）が、他者を重んじ子育てに献身する協力的な個体（女性）を支配するようになったのかと問いかけます。

私は、このような問いかけ自体に、とても新鮮なものを覚えました。

家父長制に基づく、さまざまな王朝や権力者たちの歴史が、すなわち人類の歴史であるとしてきたのは、一面的な見方だったのかもしれません。多分、その歴史自体、支配者の男性たちが書いたものですから。

では、女性の視点からの歴史とは？　命を大切に守りながら、新しい命を産み出し、育んでいった、その一つ一つの積み重なりが今まで続いた私たちの歴史です。権力を象徴するような建造物の陰には、このような命を守りつながる歴史があったはずです。

その歴史が続いていくには、私たちは個人として尊重され、自分を大切に生きる必要があります。抑えつけられることが多かったこの当たり前のことが、当たり前になるには、何が必要でしょう。お互いを深く理解すること、一人一人が抱えている痛みを尊重し受け容れ合うこと、つまり現代のキーワードとされる「分断」ではなく、「共感」と「協力」です。

ハラリ氏によれば、この一世紀の間に、男女の格差は急激に変化しつつあります。

今後は男女それぞれの専有的分野とされてきた政治や子育てを、共通分野にしていく必要があります。パラリンピックの選手たちの調査から、人間の脳は一部欠損しても、日々努力することで新しい機能を獲得できることが実証されています。男女の格差を埋めるにも、これまでの男女の概念を超えた新しい生き方考え方を獲得することが、これからの私たちに必要となるでしょう。

理想的なことばかり書いてきたと思われるかもしれませんが、実はカウンセリングの基本も同じです。**今までの自分の歴史を、自分を中心に検証し直し、とらわれていたものから解放され、新たな自分の生き方考え方を見出していく、その体験をする場がカウンセリングなのです。**

二〇一九年四月二十二日

20　感情の迷子

私たちの人生には、思い通りにならないことが次々と発生します。

その中でも一番思い通りにならないもの、それは自分自身ではないでしょうか？

世の中には、「このように考えたり行動すれば人生うまくいく」という指南本が溢れていますが、そんなに簡単に自分を変えることはできないものです。

頭では理解できるのに、実際はそうできない、これはどうしてでしょう？　それは私たちの感情が、自分の思い通りにならないからです。もっと早くから試験勉強すれば良いのにと思いつつ、いつも一夜漬けになるなど、よく聞く話ですね。

では、そもそも、感情の役割とは何でしょうか？

それは、私たちが生きていくための指針やエネルギーとなるものです。美しいものに感動し、不当な扱いには怒ってしりぞけるというように、感情のおかげで私たちは人生を楽しみ、自分を守ることができます。

感情は私たちに本来備わっているものですが、言葉と同じく人との関わりで育って身についていくものです。それを表現して受け容れられる体験を繰り返す中で、自分も感情を受け容れ、生活に支障がない程度にコントロールできるようになります。

この過程がうまくいかなかったり、思い通りにならない状況では、自分の感情を抑えつけたり、人に感情を投げつけたり、酒や食べ物などで紛らせたりするようになります。特に、環境や人間関係に恵まれなかった人には、自分の感情とのつき合い方は難しく感じられるものです。

自分の感情がよく分からずうまくつき合えないと、相手の感情を指針にして動くようになります。その結果相手の感情が自分より大事になり、ますます自分の感情が分からなくなります。自分の感情を見失っていくにつれ、気分が落ち込み、うつ状態になります。うつ状態とは何にも感動できず、何に対してもやる気が出ない、生きていくには実に苦しい状態です。

迷子のように見失ってしまった自分の感情は、どうやったら取り戻せるのでしょうか？

まず、感情を育てる時と同じように、感情を安心して出せる環境やサポートが必要です。その昔感情を出した時は、受け止めてもらえないばかりか、怒りや無視などで返されたこともあったのです。その時の感情は自分の中で抑えつけられ、忘れ去られています。忘れられた迷子のようなこの感情は、安心できる環境やサポートのもとで、根気よく探していく必要があります。**探し続ける、つまり自分を振り返って語り続けるうちに、何かのきっかけでひょっこり感情が出てきて、私たちを驚かせるものです。**

私たちは人生の中で、このような感情の迷子を何人か抱えているかもしれないですね。

二〇一九年五月十四日

21　うつは誰のもの？

気力が出ない、何にも興味が湧かない、世界から色彩が失われたようだ、自分には何の価値もない……とても辛い状態ですね。これが〝うつ〟の世界です。さらに、このようになった自分を責めるため、ますます辛さが増していきます。私はこの状態を「自分が減った」状態と表現しています。

そもそも、どうしてうつになるのでしょう？　どうして「自分が減る」のでしょう？

私たちは思い通りにならない現実に直面した時、どう受け止めて対処するかが問われます。現実があまりにも困難な場合や、自分に自信がない場合、現実を受け止められず、現実に圧倒されてのみ込まれるか、現実を回避しようとするかになりがちです。どちらの方法をとっても自分を抑えることになるので、自分が減って、うつが始まります。このように、うつは自分で自分を抑えつけた結果と言えます。

ではこのうつ、果たして自分のものなのでしょうか？

「10　天岩戸は開いた！」で述べた、天照大神と天岩戸の話を例に考えてみましょう。闇に包まれた世界は、穀物は実らず魑魅魍魎がうごめき人々が嘆き悲しむ、まさに〝うつの世界〟です。しかしこれは人々のせいではなく、天照大神が天岩戸に隠れてしまったせいなのです。一方、弟の不行跡に怒り、同時に落ち込んだ天照大神ですが、その〝うつ〟は弟のせいで、天照大神が引き受けるものではないのです。かくしてうつは人々から天照大神に、そして天照大神から弟に返され、天照大神は岩戸を出て世界に光が戻り、須佐之男命は高天原を追放されました。これを契機に須佐之男命は考えを改め、自分の力を世の中のために役立てるようになりました。

このように、本来は自分のものではないうつに私たちは苦しめられることが多いものです。例えば、いじめやＤＶの被害者は、いじめられたり暴力を受けたりするのは自分が悪いからではないかと思い、落ち込んでうつになることが多いのです。しかしいじめたりＤＶを働いたりする側には、人を支配して自分の空虚感や不安から目を逸らそうという欲求が隠されています。これこそがうつなのですが、人に押し付けているわけです。

このうつは誰のもの？
抱え込んでしまったうつを手放していくために、こう問いかけてみることが大切ではないでしょうか。

二〇一九年六月二日

22　トラウマと幻想

中国で起こった天安門事件から今年で三十年が経ち、事件を振り返る特集もよく見かけます。

三十年前の一九八九年、民主化を求めて天安門に集まった学生たちに対し、中国共産党は人民解放軍を動員して発砲し鎮圧しました。これは鄧小平を中心とする保守派の決定でした。その後の中国の目覚ましい経済発展はご存じの通りです。

一九六六年から一九七六年の文化大革命では、若者たちが大人たちに自己批判を求めてエスカレートし社会が混乱、経済は十年間停滞しました。天安門事件で保守派の頭によぎったのは、文化大革命のトラウマかもしれません。

現在の中国は、都市部にはまるでマンハッタンのような高層ビルが林立しています。また、大胆な都市計画で貧民街を取り壊し、新たな住宅を作って人々の生活を変えようとしています。これは、地方でも同じ方法で進められているようです。

中国共産党は法律の上に位置する絶対的な存在とされています。そんな党の施策には誤りはないはずなのです。党は共産主義の理念に基づき、人々に一定水準の生活を提供しようとしているのでしょう。しかし、党の批判は許されません。監視カメラが国民の生活を監視し、見回りの警察官が目を光らせ、インターネットに批判を書き込んだ途端、削除されます。

国家も一つの有機体です。中国は指導部が豊かな国造りを推し進めますが、上から与えるトップダウン方式で、批判は許しません。若者たちは、ありがたくこれを享受するものの、体制の批判につながるような自由な表現はできないのです。しかし、本来の若者の役割とは、個性を自由に表現し、体制の枠を越えた新しい文化を作っていくことです。これがないと、いずれその有機体、つまり社会は衰えていきます。

文化大革命でも天安門事件でも、多数の犠牲者を出し、事件の本当の意味は何だったのかという問いが残りました。しかし、これにきちんと向き合っていないので、〝誤りのない党〟という幻想に基づく国家運営になってしまうのでしょう。

私たちも自分の弱さを感じると、それを隠すため完璧主義になり、無理な要求を自分や周囲に課したりします。中国の在り方からは、トラウマと向き合うことの難しさ、ついつい幻想にしがみつきたくなる危うさを考えさせられます。

二〇一九年六月十五日

23　希薄な自分

カウンセリングでお会いする皆様の中には、現在の状態を「自分が希薄になったような」と語る方がいます。いわゆるうつ状態で、具体的には、意欲が低下し、物事が決められない、眠ることもままならないという辛い状態です。この時、自分はもはやエネルギーの乏しく、思い通りにならない厄介者なのです。

このような自分を抱えていくのは、大きな負担で、自分から逃げ出したくなります。具体的な人間関係や経済的な問題を抱え、ままならない状況にいるときは、解決の援助を周囲に求めることもできます。しかし、自分という存在が希薄になり厄介者になっているのは、どう援助してもらったらいいのか分かりにくいですね。「気の持ちようだ」とか言われかねないですし。

自分が希薄になった場合、よく考えると、もともと自分に自信がなく、自分を否定する気持ちを持っていることが多いものです。この気持ちがあると、自分より周囲を優先してしまい、他者に評価されることで安心しようとします。また、自信のない自分はダメだという気持ちが強いので、それを周囲に悟られないよう、努力して完璧を目指します。

しかし、**いくら努力して成果をあげても、安心することができません。自分に自信がない不安な気持ちに向き合ってやらないと、いつまでも安心できないのです。**

ところで、この気持ちはいつ自分の中にできたのでしょう。

例えば幼少時、まだ自分で情況をコントロールできない時期を考えてみましょう。その時、安心よりも不安の多い情況（両親の不和など）にいると、不安な情況に対処することだけで精いっぱいとなり、自分の気持ちは抑え込んでしまいます。抑え込んだ不安な気持ちは、解決されないまま残っているのです。

何か困難な情況になった時、この不安や自信のなさが出てきて、情況をさらに困難に感じてしまいます。そういう情況が繰り返されているうちに、自分という存在が輪郭の乏しい希薄なものに感じられてくるのです。

自分の存在の感じ方は、このように自分の抱える情況にどう対処できるか、そして自分とどう向き合うかで変化します。情況から逃げていると、不安や焦りはさらに強くなり自分が希薄になっていきます。

また〝所属している組織や仕事イコール自分〟の存在だと思って過ごしていると、組織や仕事をなくした時に自分が希薄になってしまいます。例えば定年退職後、自分を見失うようなことが起こるかもしれません。

願わくば、日々自分と向き合えるといいですね。不安な気持ちがあったとしても、自分を決して否定しないで。

ところで、これまで私は「自分が減る」という表現をしてきましたが、今回は「自分が希薄」という表現を使ってみました。**このように、自分の存在をどう感じるかは、人それぞれの表現があります。その中で自分なりの表現を発見していくことが、自分の存在に向き合う第一歩かもしれません。**

二〇一九年七月一日

24　自分の謎

この世には謎が多いものです。その中でも一番謎が多いのは、自分かもしれません。なぜ自分は他の兄弟に比べて背が低いのか、なぜ運動神経が悪いのかなど謎だらけですが、受け容れざるを得ないことも多いですね。

しかし、やらないといけないことを先延ばしししてしまう、つい相手に合わせてイエスと言ってしまう、思い通りにならないと怒りが湧いてくるなど、これではいけないと思いつつ繰り返すという謎は、何とかしないと苦しいものです。

この時、自分の意志が弱いからだとか、寛容さが足りないからだなどと考え、自分を何とか変えようとしがちです。しかし一時的には変わるものの、気がついたらまた同じ繰り返しということが多いもの。謎の原因は自分の弱さだと思って自分を責めるとこうなりやすいですね。

本当の謎は、自分そのものにあります。謎というくらいですから、簡単に分かるものではないのです。謎を解く方法は、まず〝自分の中にいる子供〟を探すことから始まります。**子供時代はなつかしい思い出ではなく、今も自分の中には生きている子供がいて、いろいろなことを発信しています。**

日々の生活が思い通りにならない時は、この〝子供の想い〟が、大人の自分の想いとかけ離れているのです。子供はとても不安で寂しく、自信がないという気持ちを持っているかもしれません。しかし大人の自分は、意志が弱い、気合が足りないなどといって自分を責め、子供の気持ちを分かってやらないわけです。

子供時代のことを考えると、家庭の事情で構われることも少なく、自分の気持ちを受け止めてもらえず、しっかりしなければと自分の気持ちを抑えていたかもしれません。それが当たり前と思って育つと、自動的に自分の気持ちを抑えたり否定するようになり、自分の気持ちが分からなくなります。不安で寂しかった自分、誰にも受け止めてもらえなかった自分を受け止めてやらないと、子供はいつまでもその気持ちを発信し続けます。その結果、自分の意志と反した行動に悩まされることが続くのです。

とは言っても、自分が否定してきた子供、見失い迷子になった子供ですから、簡単に見つかるものではありません。また自分一人で探すのは難しいものです。あなたの話を否定せずじっくり耳を傾けてくれる専門家、同じ苦しみを分かち合える先達など、一緒に探してくれる安心できる人を見つけることが大切です。

二〇一九年八月十日

25　ベルリンの壁

一九六一年に突如出現し、一九八九年に崩壊したドイツ・ベルリンの壁。今年は壁の崩壊から、ちょうど三十年の節目となります。

ベルリンの壁は、ソ連を中心とする共産主義陣営と、アメリカを中心とする自由主義陣営の間で起こった東西冷戦を象徴する存在でした。当時、壁の近くのカフェでは、東西のスパイたちが情報戦を繰り広げていたそうです。

冷戦というからには、一種の戦争状態が二十八年続いたわけで、ベトナムなど世界の他の地域で代理戦争が起こり、多くの犠牲が払われました。

冷戦の終結とともに壁も壊され、現在は残された一キロメートル余りの壁にさまざまな壁画が描かれて観光名所となっています。

その中でも、最も有名な絵が「ブレジネフとホーネッカーの熱いキス」でしょう。冷戦当時のソ連の最高権力者であるブレジネフ書記長と、同じく東ドイツのホーネッカー国家評議会議長とのキスが描かれています。実際に挨拶で二人がキスをする写真が残っているそうで、男同士の熱いキスは当時の東側の関係を象徴するとも言えます。

大迫力のこの絵ですが、よく見るとなかなか可愛くもあり、壁の前でキスをしながら写真を撮っているカップルもいます。

当時と違い現在は、性的マイノリティーの存在が認められ、男性同士の恋愛も当然とされる時代になりました。逆方向の流れもまだまだありますが、性の多様性を認める方向に時代は変わりつつあります。

この絵も、東西冷戦という深刻な歴史を象徴しつつ、男性同士の友情や愛情、そして政治家同士がキスまでする国のつながりの強さなど、いろいろ考えさせてくれます。東西分断の象徴というシンプルな存在だったベルリンの壁ですが、歴史を背負いつつ、今は多様な表現の場ともなっているようです。

私たちの心も余裕をなくすと、かくあるべきだ、白か黒かのどちらかしかないという分断的な状態になりがちです。こうなると、心はさらに余裕をなくし、行き詰まっていきます。かくあるべきという気持ちが自分を追い詰め、自分や他者に対する批判、攻撃となっていき、自分の心も人間関係も分断されていくのです。

白も黒も灰色もいろいろありという、互いを認める余裕を取り戻した時、私たちにやっと安心感と平和が訪れます。分断の時代と言われ、世界が余裕をなくしていきそうな現代、私たちの心もそれにのみ込まれないよう「いろいろあり」でいきたいものです。

二〇一九年八月二十三日

26　アウシュヴィッツは終わらない

この「アウシュヴィッツは終わらない」という表題は、アウシュヴィッツに収容されていたプリーモ・レーヴィ氏が書いた『これが人間か』という本の副題をお借りしたものです。

この夏、私はポーランドのアウシュヴィッツ博物館を訪れました。アウシュヴィッツはドイツ人がつけた地名で、ポーランド語ではオシフィエンチムと言います。第二次世界大戦時、この場所で約一五〇万人のユダヤ人を主とする人々がドイツ軍により殺害されました。アウシュヴィッツ収容所は、大量殺人工場だったのです。

人を殺害対象としか捉えないということは、相手を人の属性を廃して、物として捉えていることになります。そこには、人間同士を結び付ける共感は全く働いていません。ドイツ軍は、ユダヤ人たちの所持品・財産をすべて奪っただけでなく、髪を切り金歯を外して奪うという徹底した収奪をおこなったのです。

アウシュヴィッツ第一収容所は、整然とレンガ造りの建物が立ち並び、道には樹木が木陰を作り、一見静かな街並みのように見えます。しかし、建物の中には、悲惨な歴史の展示の数々が並んでいるのです。

ビルケナウ（アウシュヴィッツ第二収容所）になると、事情が一転します。有名な「死の門」をくぐった列車の引き込み線、そこで降ろされた人々が収容されたのは、馬小屋をそのまま運んで建てたようなバラックです。冬は零下二〇度にもなる場所に、そのようなバラックが三〇〇棟も並んでいたと言います。

私が別の意味でとても驚いたのは、収容所の所長ルドルフ・ヘスの邸宅が第一収容所の敷地の傍にあったことでした。庭ではヘスの子供たちが遊んでいたそうです。平和な家族の暮らしと、人を殺し絶滅させるという仕事が隣合わせで成り立っていたということに、どうやって整合性を持たせたらいいのでしょう。

このように、アウシュヴィッツは日常の物差しでは捉えることができない場所です。私たちの人生の根幹とすべきヒューマニズム、思いやり、共生の考え方などが全く通用しません。古今東西のさまざまな宗教でも捉えきれないものでしょう。

アウシュヴィッツを少しでも捉えるには、既成の考え方でなく、私たちの内面に入っていくことが必要かもしれません。日頃省みることの少ない私たちの内面世界、それは暗い森のように少しずつ入って、探っていかないと分からない世界です。探っていくと、かつて経験した大きな傷があったり、怒りや寂しさが眠っていたりします。そこで、強い孤独感や人間不信を味わったかもしれません。その結果、人間同士のつながりを失い、人も自分も、物のようになったと感じたかもしれません。人が物のように感じられるのは、アウシュヴィッツにも通じる心の在り方ですが、生きていく中で体験することも多いものです。

アウシュヴィッツは特異な出来事としてしまうと、そこで終わってしまいます。私たちの内面世界を探りながら、共に考え続けていくことで、「アウシュヴィッツは終わらない」のではないでしょうか。

二〇一九年九月二十二日

27　投影から始まる

私たち人類が作り出してきたものは、言語、文化、社会と多々ありますが、この発生のおおもとには、〝投影〟という機能があるのではないかと思います。

この世に生まれた赤ん坊が、抱きしめて乳をくれる母親へ持つ無条件の信頼感、それは安心感を与えてくれる存在があるはずだという本能に近い願望を投影しているからこそでしょう。母親がこれに応えることで、この願望は裏付けられ、赤ん坊は自分の投影に自信を持ち、生きることへの安心感が形成されます。投影から始まり、母親との間で安心感・信頼感を創造したわけです。この創造が、コミュニケーションの手段である言語の創造につながっていったのではないかと思います。

ところが、すべての親がこの投影を無条件に受けられるとは限りません。この世を長く生きてきた親は、それぞれの事情を抱えています。

愛と信頼に恵まれ、豊かな愛情を育ててきた親には、赤ん坊は愛し守るべき宝のような存在です。しかし、自分が愛と信頼を求めて投影したのに、それが十分に与えられなかった親は、心に不安と自己否定感を抱えています。赤ん坊の可愛さは認めつつ、自分の思い通りにならない存在を受け止めることができず、戸惑いと苛立ちを覚えるのです。

このような環境で成長する中で、子供は、親が思い通りに反応してくれないのは、自分が悪いからではないか、親に喜んでもらうためにもっと努力しないといけないのではないかと思うようになります。人生最初の投影、親は自分を絶対的に受け容れてくれるはずという投影は簡単には崩れないので、原因を自分に持ってこざるを得ないのです。そして、自分が悪いのではないか、努力が足りないのではないかと自分を責めるこの思考が、その人の人生を支配していくようになります。その結果、いくら努力しても満たされず、どこかにいつも不安感を抱え、生きることを十分楽しむことができません。このような傾向は自分だけの問題と思っているので、人には言えず、孤独感を抱えてさらに悩むようになります。

この生き方が行き詰まった時、強い無力感に襲われ、それまでのような社会生活が送れなくなることが往々にしてあります。この時こそ生き方の見直しが必要とされ、ある意味では自分らしい人生を取り戻すチャンスなのです。

ここで自分を責める思考をやめ、最初の投影に戻り、人は否定せず受け容れてくれるもの、信頼と安心をもたらしてくれるものという体験をする必要があります。大人になった今、赤ん坊には戻れないけれど、自分のことを何とか考えてやれる力は持っているはずです。

自分一人で自分を抱えてきて、自分を責め叱咤激励してきた苦しさを、信頼できる人に分かってもらい、ねぎらってもらいましょう。分かってくれる人を探そうという決心と行動が、自分を認め、生きる実感を取り戻す第一歩になるはずです。

二〇一九年十月二十四日

28 分かっちゃいるけど……

「分《わか》っちゃいるけどやめられない」は、青島幸男さん作詞「スーダラ節」の有名なフレーズです。このフレーズは万人に思い当たる節があるはず。私たちは何と「分かっちゃいるけどやめられない」行動を繰り返してしまうことでしょう。

スーダラ節でやめられないのは酒やギャンブルでしたが、あと五分早く起きれば遅刻しなくて済むのにとか、甘いものを我慢すれば太らないのにとか、分かっちゃいるのにやめられないことは数限りなくあります。これを繰り返すうちに、自分は意志が弱いダメな人間だと思ったり、どうせ他の人もやめられないのだからと言い訳したりします。原因を意志の弱さや、人はやめられないものという一般論に持っていったりするしかないわけです。

「分かっている」のはほぼ理性の領域、「やめられない」のはほぼ感情の領域です。

ちょっと感情を抑えて理性に従えば、万事うまくいくはず。でもそんなに簡単なものではないですね。

感情は私たちの中で瞬間、瞬間に湧き起こっている、生きるための大事なエネルギーです。理性の都合で簡単に抑えられるものではないのです。理性は一般的に合理的で正しい考え方で、私たちは成長する環境の中でこの理性を身につけます。一方感情は、理性が身につく前から存在しています。周囲の人がよく相手をして感情を受け止めてやっていると、徐々に自分でコントロールできるようになります。怒り、悲しみなどの難しい感情も、適度に表現し適度に抑えられるようになるのです。

しかし、感情はいつもいつもコントロールできるものではありません。分かっちゃいるけどやめられない時は、ちょっとだけならとか、明日からやめればいいとか考えて、やめたくない感情に譲歩しています。感情がコントロールできなくなっているのです。

子供はコントロールできない感情を大人に受け止めてもらいます。**私たちもコントロールできない時は、誰かに話して受け止めてもらうことが必要です。**

実は、コントロールできない感情の奥には、傷ついて癒やされていない感情や無力感、不安感などが隠れていることがあります。信頼できる人に話すうちに、自分ではなかなか気づかない、このような本当の感情に気づくことがあるのです。「分かっちゃいるけどやめられない」状態を長引かせている可能性があるこのような感情を分かって受け容れ、癒やしていかないと、この「分かっちゃいるけど」問題は解決しないことが多いのです。

二〇一九年十一月二十三日

29 心を預ける

人間関係ができるとは、心を預けること。道端で挨拶をするくらいの関係でも、相手にさまざまな想いを持つからこそ挨拶の言葉が出てきます。「こんにちは」の言葉が自然と出るのは「今日は寒いですね。お元気ですか」のような想いがあるからなのです。

家族などの身近な関係になると、もっとたくさんの想いが交錯します。親は子供に「可愛くてたまらない」「元気で育ってほしい」「この子のためなら何でもしよう」と、愛情と思いやり、心配などたくさんの想いに満ちた心を与えます。子供は「守ってほしい」「食べさせてほしい」「遊んでほしい」「一緒にいてほしい」「可愛がってほしい」「教えてほしい」など、生きていくのに必要なすべてを託した心を預けます。

こうやって心を預け合い、受け取り合ってそれぞれの感情が生まれ、考えや行動が生まれてきます。親の愛情に満ちたケアを受けた子供は、不安よりも安心感が大きく、食欲があって活発でしょう。そして思いやりの心を受け取った子供は、人を思いやる心を持ち、兄弟姉妹と仲良く過ごし、友達や仲間を作るでしょう。子供から生きていくすべてを託された親は、懸命にそれに応えようとし多少の犠牲もいとわず働き、深い充実感を得るでしょう。

しかしながら、親が子供に愛情の心を与えてやれない場合があります。親自体が深く傷ついたり、感情が枯渇していたり、大病を患ったりして、自分が生きることがやっとの場合などです。

この場合も、子供は生きるためにすべての心を親に預けようとします。でも預けられないとなると、大きな不安が襲ってきます。子供に親の状態を冷静に判断する能力はまだありませんから、親に合わせて自分の感情を抑えたり、事態がうまくいかないのは自分が悪いのだろうと考えたりします。預けた心は受け取られないまま、どこかに行ってしまった状態になるのです。

このどこかに行ってしまった心が、私たちに大きな喪失感や不安感、自信のなさをもたらします。子供時代をのびのびと生きることができず、大人になってもどこか自分には欠けたところがあると感じ続けます。その結果、自分よりも周囲の意向を優先させてしまうようになります。

子供の頃、預けようとして受け取ってもらえなかった心は、いまだに受け取りを願って、誰かに預けていることもあります。相手は受け取っていないのに、願望が続いているのです。親が本当は愛してくれているのではないかという、子供が生きていくのに必要だった切実な願望です。

この切実な願望に気づいてやり、認めてやることが、預けた心を取り戻していくための第一歩です。願望を認め、預けたはずなのに受け取ってもらえず放置された怒りや悲しみを認めてやりましょう。

長い間預けていた心を取り戻すと、徐々に生きる実感がわいてきます。他でもない自分を主人公として、生き始めることができるのです。

二〇二〇年一月十三日

30　怒らない指導

バレーボール元全日本代表の益子直美さんが、「怒らない指導」を提唱しています。実際に指導者や子供たちにそれを広める実践活動として「益子杯」などの大会を開き、指導者は子供たちを怒ってはいけないルールで試合をおこないます。しかし指導者たちは、ついいつもの口調で「それではダメだ！」とか「もっとこうしろ」などと言ってしまいます。ところが、それが怒っているとは自覚できないようです。指導者たちも、そのまた指導者から同じように言われてきて、その方法が当たり前と思っているのでしょう。

しかし益子さんはそれに待ったをかけて指導者たちに指摘し、子供たちを集めます。厳しい試合の状況に立ち向かうにはどのようなプレーをしたら良いかを子供たちに考えさせ、皆の気持ちがまとまったところで試合を再開します。厳しい指示やダメ出しで動くのではなく、自分たちの考えでプレーするため、子供たちは生き生きと力を発揮し、結果的に試合の流れを変えていました。

益子さんが選手だった頃は、スポーツに必要なのは厳しい練習と根性で、指導者も厳しく指摘し叱咤激励していた時代でした。

才能と努力で代表となった益子さんですが、学生時代は「ほめられたことがない」「自信がない」「考えることをしない」「チャレンジしない」「目立ちたくない」「意見を言えない」「楽しくない」という気持ちや考えを抱えていたそうです。このようなネガティブ・マインドで練習を続けるのはさぞ辛かったと思いますが、当時はそれが当たり前と捉えていた時代だったのでしょう。

大人と子供を比較すると、一見、圧倒的に大人が優位に思えます。体格的にも経済的にも知識、経験においても。

しかし、私たちが子供の頃を思い出せば分かるように、日々を生きるために懸命に考え努力しているという点では、大人も子供も変わりありません。だから大人にとっては正しいことでも、それを怒った口調で強く言われると、子供には自分を否定されたように感じられます。子供も懸命に努力しているのに、それが認められていないからです。

考えてみれば試合の主役は子供たちで、大人は子供たちが日頃の力を出せるよう選手起用を考えたり、戦い方をアドバイスしたり励ましたりくらいしかできないのです。怒った口調で指示を出し選手を思い通り動かそうとするのは、指導者があまりにも責任を抱え込んでしまっているとも言えます。

私たちも自分に対して「かくあらねばならない」という価値観を押し付けて自分を否定するようなことをしていないでしょうか？　例えば「偏差値が高くなければダメだ」「やせてなければダメだ」など。そのような価値観を押し付けて自分を否定してしまうと、ダメな自分を見せないよう防衛して本音が言えなかったり、意欲をなくしたりします。

もともと自分を認めてもらった経験が乏しかったり、否定されることが多かったりすると、さらに自分を否定してしまいがちです。**大切なのは周囲との比較で自分を見るのでは**

なく、今ここで懸命に生きようとしている自分を認めてやることです。自分に対する「怒らない指導」ですね。

二〇二〇年二月二日

31　心の片づけ

たくさんの物で溢れている現代、物を買うのはいいけれど、とりあえず置いておくとすぐ部屋がいっぱいになります。そのうち、どこに何があるかも分からないことに……。
そこで起きたのが、最近の片づけブームです。片づけの専門家も次々と登場しています。
その方たちが語る一番のポイントは、何を捨てるかの決断のようです。自分にとって不要な物の見極めですね。

心も、部屋と同じで日々整理していかないと、いろいろな出来事、感情が溜まっていき

ます。特に辛い思いをしたこと、傷つけられたこと、逆に人を傷つけたことなどは、早く忘れたいと考え、思い出さないよう蓋をしたりします。しかし心のどこかにそのままあるので、いつも不安感があったり、自信がなかったりします。

このような感情や記憶をためていった結果、自分が無力でダメな人間に思え、そのような自分から逃げたくなることがあります。酒やギャンブルなど、一時的に苦しさを忘れさせてくれるものにはまったり、突然人に怒りをぶつけたりすることも出てきます。その結果、さらに自信をなくすという悪循環になりがちです。

傷ついたこと、不安なこと、寂しさなど、そのまま置いておかないで向き合うことが必要です。傷ついて自分を責める気持ちを持っていたら、まずその傷を癒やすことが必要です。自分を責める気持ちは自分に取ってマイナスですから、なくしていきましょう。不要な不安も減らしましょう。寂しさはどんな寂しさなのか知っていくことから始めましょう。自立を促すための必要な寂しさもあります。

このような心の整理は、そのまま聞いてくれる人がいれば、少しずつ進んでいくものです。適当な人がいなければ、専門家に頼ってもいいでしょう。

心の整理をして不要なものが減ると、余裕ができ、前向きな感情が湧いてきます。

部屋の整理をして空間ができると、気分もスッキリして、何か新しいことをしたくなったりしますね。心も同じです。

二〇二〇年三月二十一日

32　知っているつもり

目に見えない新型コロナウイルスの拡大に、戦々恐々の日々ですね。その中で私は初めて、ウイルスというものがどのような存在なのかを知ることになりました。それまでは、細菌よりかなり小さくて、生物に寄生するものという程度の知識でした。ところが、何とウイルスは遺伝子とそれを囲むたんぱく質の殻だけの存在で、細胞を持たないため自分で増殖することはなく、生物かどうかよく分からないとのこと。生物の細胞に入り込み道具を借りて初めて増殖するという、何とも理解しがたいものなのです。また、たくさん増殖したウイルスが細胞から放出される時、細胞は破壊されてしまうというエイリアンのような怖さもあります。

気軽にウイルスなどと言っていましたが、いかに自分が無知であったかを恥じ、何とも不気味な存在であることを痛感しました。そして対策としては、とにかく体内に入れないよう細心の注意を払うしかないことも納得できました。

よく考えれば、このように知っているつもりで済ませていることは多々ありますね。自分の専門の仕事となるとかなりの知識を持っているでしょうが、大概のことは一通りの知識で知っているつもりになっているものです。

その中でも、知っているようでよく知らないのが自分です。自分に対しても、いつもは知っているつもりで暮らしています。「自分のことは自分が一番よく分かっている」などと言ったりしますね。

しかし、いけないと思いつつ同じことを繰り返したり、思っていることと正反対のことを言ってみたり、自分というのはよく分からないところが多いのです。よく分からない部分はダメな自分ということで自分を責めたりしますが、そうするとまた同じことが起こり、ますます自信をなくしたりします。

意外なことですが、**一人で自分を知ることは難しいのです。**なぜでしょう。

自分というのは両親を始めとするさまざまな人との関係性の中でできあがってきたからです。その中で、のびのびと自己表現できたこともあったり、周囲を忖度《そんたく》して自分の気持ちを抑えつけたり、時には深く傷ついて蓋をしたりというさまざまな体験が重なっています。そのような複雑な積み重ねでできている自分を、自分一人で分かっていくのはとても難しいことです。

自分を知るには、安心感を持って自分を語れる人や場の存在が必要です。自由に、制約なしに自分のことを語っていくうちに、奥にしまい込んでいた体験や気持ちが出てきます。しまい込んだままで、自分のものとして整理できていない体験や気持ちです。

この体験や気持ちを簡単に良い悪いと評価しないで、じっくり向き合うことが必要です。傷ついていたのなら癒やしが必要です。そして何より懸命に生きてきた自分がそこにいれば、大いにねぎらいましょう。そうなって初めて自分と対等に向き合い、自分を知っていけるのではないでしょうか。

二〇二〇年四月八日

33　コロナの日々に　山を登りながら

新型コロナ感染拡大を防ぐため、ひたすら自粛の日々が続きます。

私は気分転換と運動のため、近くの若杉山に登ることが増えました。正確には若杉山頂上の横の、米ノ山《こめのやま》展望台を目指して登ります。約六〇〇メートル、東京スカイツリーくらいの高さでしょうか。キャンプ場も閉鎖された現在、登山者は数えるほどで、たまに車とすれ違う程度です。

道は舗装されていてとても歩きやすく、自然が豊かな山中は飽きることがありません。若杉山の名前の通り、真っすぐに伸びた杉の巨木がうっそうと立ち並び、道端には多くの種類の草が茂っています。「雑草という名前の草はない」と言われる通り、一つ一つの草は違い、それぞれとてもユニークな形態です。

今は春なので花が咲いている植物が多く、小さいけど色も形も個性的で美しい花があちこちに見られます。大きな木に絡みつき存在感のある藤や、ひときわ目立つアザミなども今が盛りです。

山の中ではいろいろな鳥が鳴いていますが、今響くのは鶯の「ホーホケキョ」です。シンとした山の中で聞くと、何かを告げられているような気分にさせられます。

米の山展望台からは、海に向かって広がる福岡の景色が一望できます。自分の住む街が大きな視野で俯瞰できるのです。まさに鳥の目になって眺めている気分で、何とも言えない解放感があります。

「俯瞰」の感動を体験しながら考えてみました。

心が行き詰まっているとき、その状況を俯瞰して見たら、目からうろこの新しい視点が得られるのではないでしょうか。

私たちは社会情勢や人間関係など、自分を取り巻く網の目のような状況の中で暮らしています。それが硬直的なものになると、がんじがらめになって自由がなくなり、心は行き詰まっていきます。何とかその状況を変えようと頑張っても、ますますそこに組み込まれることになりやすいのです。

家族同士が依存と攻撃を繰り返している場合などまさにその状況で、**互いを思いやるよりも、相手をコントロールすることばかり考えるようになります。肝心かなめの自分を省みることができないため、心が空虚になっていくばかりです。**

まず一歩、心だけでも外に出て、次にこの状況を俯瞰することができる距離まで行けたらいいですね。自分を省みず、互いをコントロールしようとばかりしている状況が見えてきます。

もちろん登山と一緒で「俯瞰」を手に入れるには、一歩一歩登っていく努力が必要で、助けてくれる道案内がいると、なお良いのですが。

二〇二〇年四月二十九日

34　建前と本音

「建前はそうだけど、本音は違う」ということはよくありますね。例えば、会社では制服を着ないといけないけど、デザインが嫌で本当は着たくない場合など。この場合、会社は仕事をして給料をもらう場だから我慢しよう、プライベートでは自由な服を着られるから……と自分を納得させたりします。

私たちは社会や組織の中で生きているので、その中では建前と本音の使い分けが必要になることが多いですね。最近「忖度」という言葉が流行しましたが、これは建前と本音を分けるより、本音が建前におもねる意味合いが感じられます。

ともあれ私たちは、先のような妥協点を見出して、何とか納得して暮らしているものです。ところが、このような妥協点のないまま、相反する気持ちを持ち続けたらどうでしょう。

例えば、本当は嫌いな人といいながら、仲が良いような関係を続けるなどです。相手を嫌いという感情はありながら相手と仲良くする場合、どこかで感情を抑え込んだり、嫌いという感情を持つ自分に問題があると考えたり、嫌いだけど相手と仲良くするしか生きる道がないという無力感を持っていたりします。

このような方法は妥協点、つまり納得には至らず自分を抑え否定することになるので、うつうつとした感情が心に溜まってきます。怒りは自分や相手に向かい、楽しいという感情は失われ、自信をなくしていきます。

家庭内で無力な存在である子供は、親との関係で逃げ場がないままこうなることがあります。大人も家庭や職場などの狭い人間関係の中で、一つ間違えればこうなってしまうことはよくあります。

ここから抜け出すには、自分を中心に考えて、感情を一本化することが必要です。嫌いという感情が強い時は、相手から離れないと常にその感情にさらされて苦しみます。嫌いだが、相手を認める気持ちがある時は、距離をうまく取れば関係を続けることができるでしょう。

このように対処法はあるのですが、現実はそんなに簡単ではありません。離れることができないままこの関係を続けて、自分が相手を好きか嫌いかさえ分からなくなる、つまり自分の感情が失われていくことが多いのです。感情を失うと何事も相手次第となり、いつも不安で、自分らしい人生が送れなくなります。

この不安を口に出せる場所や人を見つけることが必要です。不安や辛さをありのまま口に出して受け容れてもらううちに、自分が何を失ったのか気づいてきます。心の奥底にしまい込んだ感情、自分らしく生きるために必要な感情、つまり自分の本音を少しずつ自分の手に取り戻すことができるでしょう。

二〇二〇年五月二十二日

35 With コロナ

今を生きるということは、新型コロナと共に生きること——そんな時代になりました。人々が親密になる状態は避けて、ソーシャル・ディスタンスと言われる距離を取ることが求められています。これは約二メートル、互いに手を伸ばせば届く距離ですが、小さな声で話すと聞こえにくいので、親密とは程遠い状態となります。

その他にも、人が集まる場ではマスクを着用し、入り口では手を消毒、もちろん家に帰れば丁寧に手洗いすることなど、コロナ対策のために新しい習慣がたくさんできました。

社会は信頼関係に基づいて成り立っています。そこに、コロナという異物が入り込んだために、信頼関係を維持するための新しい習慣やルールが必要となったわけです。

以前のような、阿吽《あうん》の呼吸で分かり合える関係が難しくなり、インターネットなどで関係をつないでいく工夫が必要とされます。外に出ないで一人で過ごす時間も増えました。

そんな今は、自分と向き合う千載一遇のチャンスかもしれません。

これまでは、日々のスケジュールをこなして一日を終えることに疑いを持たなかった私たちです。その繰り返しが、果たして本当に自分の望むものだったのか、考えてみるいい機会です。逆に、それがいかに自分にとって大事なものか、痛感させられることもあるでしょう。今まで読めなかった本を読んだり、不用な物を整理してみたり、人間関係を見直したりと、やろうと思えばいろいろなことができそうです。

その中でもお勧めしたいのが、これまでの人生の歩みを振り返ってみることです。**自分がその時々で、どのような思いでどのように生きてきたのか、日頃は顧みることの少ない自分の人生を丁寧に振り返ってみませんか。**

振り返った結果、ほぼ満足する場合もあるでしょう。後悔することがたくさん出てきて、これまでの人生を肯定するには至らない場合もあるかもしれません。思い通りにならないことを抱えて、焦りや不安が多い人生だった人もいるでしょう。ともすれば、そんな自分をけなして否定する気持ちになっているかもしれません。

しかし、現在のコロナの状況のように、自分の思い通りにならないことが人生では非常に多いのです。そんな山あり谷ありの人生を、精いっぱい生きてきた自分がいるはずです。

なぜか、私たちは自分をけなしてしまうことが多いのですが、自分をけなすと、そのネガティブな感情を外に投影して、誰かをけなしたくなるものです。これが続くと、だんだんネガティブな感情に支配され、人生が面白くないと感じられがちです。

思い通りの生き方でなかったとしても、けなさないで、一所懸命生きてきた自分を見つけてやることが大切です。自分を認め、ひいては人を認めるとこれまでの人生が違って見えてきます。

コロナで人とのふれあいが難しいこの時期に、改めて大切な自分とのふれあいを試みてはいかがでしょう。

二〇二〇年六月十四日

36　信頼と依存

私たちは、当たり前のように日々を生きており、それを疑うことはほとんどありません。なぜかと言えば、地球の存在に対して、また、日常が続くことに対して、そして私たちを取り巻く社会や人間関係に対して、安心感・信頼感があるからでしょう。

この安心感・信頼感は、日頃ほとんど意識することはありませんが、それが失われた時に痛感させられます。例えば、突然の災害や、身近な人との思いがけない別れなど。

さて、この安心感・信頼感はいつからあるのでしょう。

本来なら生きるために、生まれ落ちる時に、自動的にプレゼントされるはずです。しかし、このプレゼントをもらえない場合も多いのです。戦争や貧困、病気などの苦しい状況で生まれる場合もありますし、人間関係に恵まれない不安定な家庭に生まれる場合もあります。

特に親や身近な人との人間関係で信頼感を得られない場合、心にはいつも不安や自信のなさ、怒りなどが潜在するようになります。この結果、ともすれば自分を否定してしまい、生きていくことが難しく感じられます。

依存症は、そのような苦しい現実から目をそらし、自分を励ますための方法として始まることも多いのです。酒、薬、食べ物、ギャンブル、中には仕事や人間関係への依存など、とても広範囲に依存対象は存在します。

問題は、どのような依存対象でも依存している時にしか効果がなく、効果を求め続けるには依存を繰り返すしかないこと、繰り返すたびにさらに強い刺激を求めるようになること、そして依存を続けても信頼感は育たず、かえって自信をなくしてしまうということでしょう。せっかく辛い日常から逃れたり、自分を励まそうとしたことが、自分を追い詰めてしまうわけです。

ところで、信頼感ができる過程を考えてみると、まず相手に自分を委ねるということが起こりますが、それはまさに依存が起こった状態とも言えます。この依存が受け容れられる中で、信頼感が生まれ、相手を真似たり取り入れるうちに、徐々に自分なりに生きていく自信ができてきます。依存という状態は、私たちが人間関係の中で生きていく出発点となる、大事なものなのです。

しかし、私たちの心の中には、依存を否定する気持ちがあります。よく聞くのは、依存の状態を「甘えている」「弱い」などと形容する言葉です。本当は、誰しもこの依存したい、甘えたい欲求を持っているのですが、それを我慢し断念して大人になったという思いから、依存に厳しくなるのでしょう。依存症に陥った当事者の心の中にも、依存を否定する気持ちが強くあります。

しかし、依存の問題に陥った場合、自分を否定して追い詰めるのではなく、まず自分の気持ちを認めるという発想の転換が必要です。**依存の奥にある、人を求める気持ち、認められたい気持ち、一人ぼっちの不安など、今まで言葉にできず否定していた気持ちを表現してみましょう。誰も認めてくれなかったこの気持ちを認めてやって初めて、生きていく意欲や安心感・信頼感が芽生えてくるのではないでしょうか。**

二〇二〇年七月六日

37　ピカソと太郎

パブロ・ピカソと岡本太郎、どちらも個性豊かな芸術家です。

ピカソは一八八一年生まれ、太郎は一九一一年生まれで、三十歳の年齢差があります。太郎は一九二九年、十八歳で両親（母は作家の岡本かの子、父は漫画家の岡本一平）と渡仏。両親はヨーロッパ外遊ののちに帰国しましたが、太郎はパリで芸術運動に参加し、パリ大学で哲学・社会学・民俗学を学んでいます。パリで知り合ったピカソはすでに高名な芸術家で、太郎は大きな影響を受けました。その影響は生涯にわたって続き、太郎の口癖は「ピカソを超えたい」でした。

ところで、太郎の功績の一つに、縄文時代に作られた火焰土器に芸術的価値を見出したことがあります。単に古代の遺物とみなされていた火焰土器を、初めて見た太郎は「何だ、これは！」と叫びました。素晴らしい原始美術と捉え直し、日本の美術史を書き換えたのです。

火焔土器は、深鉢形の土器の上部に鶏のような冠や歯が並んだようなギザギザ文様が夥しく張り付いて溢れ出し、胴部は細長い粘土紐に覆われています。その形状はエネルギーのかたまりのようで、確かに火焔を連想させます。このように、縄文時代の土器や土偶には、私たちの心の深層に直接突き刺さるような、言葉を超えた表現を持っているものがたくさんあります。

また太郎は、一九七〇年の大阪万博を象徴するモニュメント「太陽の塔」を製作しました。七〇メートルもあるこの塔には、前面の上下に二つの顔があり、上が未来、下が現在を表しています。裏面には過去の顔があります。

私はこの太陽の塔から、火焔土器と同じ頃に作られた、二つの顔がついた縄文土器を連想します。深鉢の向こう側に上の顔、手前の壁面に下の顔がついていて、上が母親、下が生まれようとしている子供ではないかと言われています。改めて太陽の塔を見ると、過去、現在、未来へと生命が続いていくことを象徴する、大きな土偶のように見えます。太郎は縄文の心を発見し、現代の表現によみがえらせたのです。

ピカソの父親は美術教師でしたが、ピカソが十三歳の時に絵を描くのをやめました。息子の才能が自分を遥かに超えていることを悟ったからと言われています。

ピカソは生涯、自分の中から出てくる表現を追い求め、破壊と創造を繰り返して新しい表現を生み出しました。そんなピカソを超えたいと思い続けた太郎は、父権的なものをピカソに投影したのかもしれません。当のピカソは、父権的なものから解き放され、自由奔放な創作活動をしたように見えます。

ともあれ太郎が、縄文土器の中に存在するデモーニッシュで豊穣な表現を発見し、それを世に発表していく過程は、ある意味「ピカソを超える」偉大な芸術活動だったと思われます。

二〇二〇年七月三十日

38　変わるもの、変わらないもの

現状に多少の不満を抱えつつ、何とか日々を送っている私たち。その中でも、何かしら自分への不満を抱えて、もっと変化・向上しなければと思いながら暮らしている人も多いのではないでしょうか？

お金、職業、容姿など、自分への不満は尽きませんが、これは自分をどう考えるかという問題とも言えます。不満の奥には不安があり、これが自分へのネガティブな気持ちとなり、具体的な不満へとつながっている場合もあります。この場合、例えばいくらお金を得たとしても、この不安が減らない限り問題は解消せず、新たな不満が発生することになります。

不安は一度持つと、なかなか解消するものではなく、潜在的に存在し続けます。不安感を人にぶつけても、そうそう分かってもらえるものでもなく、繰り返すと不安の強い人として嫌がられたりします。そこで、不安から生じる不満を抱えて変化・向上を求めてみますが、うまくいかず別の解消法を探したりします。手近な酒などで一時的に解消することもあり、解消できないまま、繰り返す場合もあるでしょう。

さてこの不安ですが、実はその人の置かれている社会や家族の構造から来ていることも多いものです。

両親との間に気持ちの交流がない、ネグレクトのような状態で育つと、常に不安で、相手の顔色ばかり気にする人になるかもしれません。酒や、借金などの問題を抱える家族の尻拭いばかりさせられていると、いつも不安で無力感が強くなります。

このように極端な事例でなくても、不安をもたらす構造の中にいる限り、いくら自分の心を強く持とうと努力しても、不安は消えません。また、自分が我慢して周囲が変わってくれるのを期待しても、いったんできた構造は変わらないもので、結果的には、この不安に満ちた構造の支え役になっています。そこで不安を解消していくには、自分が役割を変え、構造から距離を取ることが必要になってきます。周囲の顔色を見て合わせる役割、尻拭いをする役割、つまり自分を抑えて殺している役割をやめ、自分を生かせる新たな役割を模索し、構造から距離を取るのです。

距離を取ることは周囲に迷惑をかけ、自分も役割を失うと思われ、とても不安です。しかし、思い切ってノーを言って離れると、自分は構造に支配されて不安だったことが分かってきます。自分らしく生きたいという大切な欲求を抑えたまま、苦しく不安だったのです。

簡単には変わらないのは私たちが生きている社会や家族の構造ですが、自分の役割を変えていくことはできます。その中で変わらないのは、自分を抑えることなく表現して生きたいと願う私たちの心です。

二〇二〇年八月二十三日

39　優柔不断

〝優柔不断〟は、あまりいい意味では使われない言葉です。煮えきらない、ぐずぐずしている、気が弱いなどのイメージがつきまといます。字を見ると、優しい、柔らかいなどの、なかなか好印象の字が並んでいます。しかしながら、その結果として「断つ」、つまり決断することができないわけです。まるで、人間関係のしがらみの中で生きる難しさを表しているような言葉ですね。

例えば、互いに対立しているAチームとBチームがあって、どちらに入るか選択を迫られた時に、両方のチームに友人がいると……迷います。自分の意志よりも友人たちとの関係が気になって、決断できないわけです。どちらかに決めると、相手チームの友人を敵に回すかもしれない、難しい問題です。チームで自分の力を発揮して活躍したいのが本人の意志のはずですが、迷いますね。

このように、自分のことなのに、なかなか自分を主人公にして決められない事態が人生にはよくあります。これは、Ａチームとの友人やＢチームとの友人との人間関係がすでにあるため、それを変えていくのが自分一人では難しいためです。この場合は、それぞれの友人たちと会って事情を話し、了解を得た上で決断するのが一番良いかもしれません。それができないと、迷った末にどちらにも入らないという選択になって、周りから優柔不断と言われるかもしれません。しかし、友情を大事にするという自分の選択に納得していれば、これも立派な決断です。

問題は、この選択に後悔し続ける場合でしょう。後悔の念が頭から離れず悶々としたり、これがきっかけでその後意欲をなくしたりすると、本当に優柔不断な困った事態になってしまいます。友情も大事ですが、それより自分の活躍の場が欲しかったのに、なぜそう決断できなかったのか……決断力のない弱い人間だと自分を責めます。その時抑えつけた自分の気持ちが治まらず、苦渋の決断をした自分を肯定できないのです。自分の人生の主人公は自分ですから、その自分を肯定できないのは辛いものです。

自分の本音に向き合うことができず、まず周囲の事情や気持ちを考えてしまう傾向があると、このような結果になりがちです。自分の本音に向き合うことは、実は自分に向き合ってくれた親や周囲の人との関係に遡ります。このような関係や経験が乏しいと、自分の本音と向き合い方が分からず、周囲の気持ちや事情を優先しがちです。しかし、置き去りにした自分の本音に後から苦しめられることになります。

多少優柔不断でもいいのです。まず自分の本音と時間をかけて向き合い、次に周囲の事情や気持ちを考えていくよう、努力してみましょう。自分を主人公にして人生を生きるために。

二〇二〇年九月十八日

40　愛着と執着

愛着と執着。似ているようで、ずいぶんと違った意味合いの言葉です。

愛着は、愛情の流れが続いた結果、対象が心の中に定着したもの。愛着の対象は、身の回りのものすべてに及びます。子供や動物などの身近な存在がすぐ思い浮かびますね。

執着は愛着と一見似ていますが、心に不安があり、それを紛らすために対象に向ける気持ちです。このため強いとらわれがあり、自分の都合で相手を支配しようとします。

愛着の感情は、身近な家族や親しい友人、ペット、仕事、趣味などの多々ある対象と関係を続けていくうちに、自然に育ってきます。人はさまざまな愛着を育みながら人生を送り、時に喪失が襲ってきても、愛着の対象や気持ちに支えられ生きていきます。このように、愛着は周囲との関係を育み、自分を支えてくれる、人生に不可欠のものです。愛着を持てない人生は、味気ない虚しいものになります。

執着はこのような愛着を持てない場合に、その不安が形になったものかもしれません。不安が大もとにあるため、強くとらわれてしまい、満足することができません。お金への執着の場合、いくらお金を手に入れても満足できず、お金を有効に使うこともできません。親が子供に執着すると、思い通りコントロールしようとして子供の自立を阻みます。

いったん執着が始まると、分かっていても、なかなかやめることができないものです。

その人の抱える不安、傷つき、自信のなさなどが執着となって現れるので、執着だけをやめようとしても難しいのです。

この不安、傷つき、自信のなさなどは、よく考えれば愛着が欠乏した状態と言えます。つまり執着の問題は、愛着の問題でもあるのです。

執着は本人も辛いし、執着を向けられる相手も辛いもので、人生の大きな問題です。そこで執着から離れて愛着を育むためには、執着の奥にある不安や傷つきを癒やしていくことが大切です。

この癒やしこそが執着を捨てる力になります。癒やされるにつれ、じわじわと流れが変わり、執着が愛着に変わる人生の転機がやってきます。

※筆者注　今回は愛着を一般的な意味で使いましたが、心理学では、愛着（アタッチメント）は次のような意味で使われ、人間の発達の重要な要素とされています。「生後六か月〜二歳頃の幼児は、養育者に愛着（アタッチメント）し、安全基地として使うようになる。この親密な関係ができないと、子どもはさまざまな問題を抱えるようになる」

41　男と女

二〇二〇年十月十一日

昔、「男と女」という題のフランス映画がありましたね。美しい音楽に乗せて展開する、大人の男女の恋愛映画です。

人間は男と女の二種類、そう私たちは信じてきました。しかし、そんな単純なものではないことが科学的にも明らかになってきています。

男と女の間はスペクトラム、つまり〝あいまいな境界を持ちながら連続した状態〟で、明確な境界はないということが分かってきたのです。男女の象徴である性器もさまざまな形状があり、男性とも女性ともつかないものも含め典型的な形だけではないようです。

しかし、私たちは社会的に求められる男性性、女性性のイメージをいまだに心の中に持っており、それに合わせて行動したり、人を評価したりしがちです。ところが、性に関する内的な欲求は、単純にこの二つのパターンに当てはまらない場合が多々あるというのが現実なのです。身体的にもスペクトラムな状態で境界がないのですから、精神的にもスペクトラムで境界がない多様な状態が存在しているはずです。ＬＧＢＴの人たちの身体と性が一致しないという悩みも、男女の境界はないということが分かれば納得できます。

現在の社会が抱えている大きな問題は分断です。貧富、人種差別、宗教など、さまざまな分断がありますが、男女の分断も大きな問題ではないでしょうか。

男らしく、女らしくという価値観を押し付け合うばかりでは、男女は分断され、対立につながります。相手の個性を尊重し受け容れることができれば、男女は関係なく融和することが可能なはずです。男らしさ女らしさも、その人の個性として受け容れるわけです。

そのために、まず男女の枠をはずして自分や人を考える習慣を作る必要があるでしょう。書類によくある男女の性別欄もいずれなくなるかもしれません。

でも「男と女」の映画のように、相手を求め開かれてゆく心と心が織りなす恋の醍醐味は、きっと変わらないでしょう。

二〇二〇年十月三十一日

42　演技する心

一般的に、演技するのは俳優さんの仕事、私たちはそれを見て楽しむものと考えられています。演技はあまり日常にはそぐわない、〝作られた世界でおこなわれること〟という感じでしょうか。

しかし、考えてみれば、演技と言えるものを、私たちは日頃よくおこなっています。人前での挨拶を頼まれれば、原稿を書いて、どのようなトーンや速度、言い回しで読んだらいいか何度も練習します。人に大事なお願いをする時、厳しい上司に報告する時など、頭の中で言葉を考え場面をシミュレーションした後、それでも緊張しながら話します。何気なく喋っている日常からすれば、これらはまさに舞台の上で演技しているようなものです。

俳優さんの演技と共通するのは、どのように演じれば相手（観客）に伝わるか、そのためにどのように表現したらよいか懸命に考え表現しようとすることでしょう。そのためには、日頃にないような口調で話したり、日頃より大きな声を出してみたり、相手（役）を理解する努力をしたり、試行錯誤を繰り返します。

このように相手に自分を分かってもらうための努力がここ一番で発揮され、相手に伝わる表現（演技）となるのです。

ところで、家庭が不和の場合、子供は両親の顔色をうかがい、家庭内の緊張を和らげ平和になるような言動をすることがよく見られます。面白いことを言って周囲を和まそうとしたり、頑張り屋の良い子でいたり、親の代わりに家事をしたりと……。これは家庭を安心できる平和な場所にすることを目的とした演技で、本来の子供が子供らしく遊んだり勉強したりするのとは全く違った行動です。

この演技は残念ながらなかなか目的に達しません。しかし子供たちは演技を続けます。不安に満ちた家庭内で、この演技をしている時は、一見家庭を健康に見せ、崩壊を食い止めているようにも思えるからです。そして、この演技は周囲からは評価され、「しっかりしたいい子」と言われます。

しかし肝心の家庭内で本当に受け容れられ、家庭が平和になることは、ほぼありません。両親の不和は両親の問題だからです。

こんなに頑張って演技したのに家庭を平和にできず、しかも自分本来の欲求である子供らしい過ごし方もできなかったとなると、自分にとって何も良いものが残らなかったことになります。自分本来の欲求は何であったかも分からなくなり、自信が持てなくなります。

本来の自分をキープした上で、必要に応じておこなうのが健康的な演技といえるでしょう。それなのに、本来の自分を顧みず演技せざるを得なかった不幸な状況にいたのです。このような演技を続けるうちに、それが身についてしまい、本当の自分が生き辛さを感じ悲鳴を上げます。自分の中が二つに分断された状態です。一度分断されると、現在のアメリカと同じように修復はなかなか大変です。

今度は自分のために、本来の自分に声をかけてやり、認めてやる方向に転換することがまず必要です。**不幸な状況を支えるために演技するのが自分の役割でなく、自分の人生を**

生きることが自分の役割なのですから。

二〇二〇年十一月二十日

43　ライフスキルとサバイバルスキル

私はこの二つの言葉を最近知ったのですが、いわゆる依存症的な行動を「サバイバルスキル」と名づけたことに考えさせられました。

ライフスキルは人生を歩んでいくのに欠かせないスキル、一方サバイバルスキルは生き延びるために必死でおこなうスキルです。

ライフスキルは安心できる環境で、親や指導者などと交流して、日々身に着けていくものです。ライフスキルが身に着くにつれ、私たちは自分を肯定し人生を受け容れて歩んでいけるようになります。

一方のサバイバルスキルは、生き延びるために自分一人で発見した方法と言えるでしょう。子供の頃の安心感のない環境、大人の配慮がない孤独な環境、学校や社会で適応できず逃げ場のない環境など、生き辛い環境の中でサバイバルをかけて考え出された方法です。具体的には、ゲーム、過食や拒食、アルコール、薬物、ギャンブルなど、一時的に逃げ場を用意してくれて幸福感や万能感をもたらしてくれる方法です。ただし、あくまで一時的な効果しかないので、また繰り返さないといけなくなるのが難点です。

繰り返すうちに、このスキルのほうが生活の中心になってしまい、支障をきたすことが多々あります。生き辛さから逃れ生き延びるために始めたことが、生き辛さをさらに加速してしまうことになるのです。そうこうするうちに、現実との接点を見失い、引き籠ってしまうこともよくあります。

サバイバルスキルを考え出した時は、生き辛い現実から解放されたい、自分を肯定したいというニーズがあったはずです。これは、生きていく自分にとって、何より切実な気持ちです。この気持ちを当たり前のように口に出したり、受け容れてもらえたりする環境がないまま、社会の中の孤島にいる気分、社会の中のロビンソン・クルーソーの状態となってしまい、サバイバルスキルを使うようになったのです。

ともすれば、サバイバルスキルのもたらす問題に目が行きがちですが、それを選んだ時の気持ちこそ、目を向けないといけないものでしょう。ロビンソン・クルーソーも発見されない限り、物語の主人公にはならないのですから。

二〇二〇年十二月十二日

44　腸は私？

最近見たＮＨＫＢＳの番組「ヒューマニエンス　40億年のたくらみ」で腸のことを改めて知り、衝撃を受けました。

番組の主旨は、〝私たちは腸からできている！〟というものでした。考えれば確かにそうですね。外から食べ物を取り込んで消化し、エネルギーを作る。残りかすは排泄する。

日々この繰り返しです。それを主に担っているのは、腸です。

水辺に棲むヒドラという生き物は、ほぼ腸だけでできていて、脳も心臓もありません。ひたすら食べて排泄する、餌を見つけることもすべて腸がおこないます。

腸に始まり、その後、脊髄ができ、脳ができたのが脊椎動物で、私たち人間もその一例です。

そこで驚かされたのは、脳と、腸の神経やそれを伝達する物質が、区別がつかないくらい似ていることです。すべての指令は脳から出ていると思い込んでいる私たちですが、実は腸で感じ考えていることが多いのかもしれません。

心が虚しく辛い時、「心が空っぽになる」と形容しますが、まさにお腹が（腸が）空っぽになるのと同じ表現です。空っぽの心を埋めるため、猛烈に食べるやけ食いで心の穴を埋めようとすることもあります。逆にお腹が空っぽだと、ひたすら食べ物やその味が心に浮かび続け、それ以外は思考停止してしまいます。

人間にとって、食べるという行為は単なるエネルギー補給ではなく、心の在り方と結びついているのです。

人と親しくなろうとする時は、一緒に会食し、同じものを食べるという行為をします。同じ食べ物を腸に入れて満足するという体験は、私たちの心身に大切な記憶として残ります。

幼少時、家族で同じ食卓を囲み、同じものを楽しく食べた体験は腸と脳に刻み込まれ、私たちの身体と人格の土台を作ってくれるでしょう。このような体験が乏しいと、身体も含めて自分に自信が持てず、自分を好きになれないことがあります。人生にとって深刻な影響です。

ともすれば脳が中心で他の器官は従属物と思いがちな私たち、そうではないという発想の転換が必要ですね。毎日の腸の体験を大切に生きることが、毎日の勉強や仕事と同じくらい大切なことだと改めて思います。

二〇二〇年十二月三十日

45　万能感と無力感

この世で、赤ちゃんの笑顔に勝る素敵なものは、なかなかないでしょう。見た途端、幸福な気分に包まれ、思わずこちらも笑顔になります。赤ちゃんは何の邪気もなく、ただただ安心して笑っているのです。この時の赤ちゃんは、万能感に満たされていると言えます。温かな視線が常に注がれ、不安や不快で泣いても、一生懸命あやしてもらえます。空腹、排泄は周囲が敏感に察知して対処してくれます。まさに万能の力を持った存在です。

万能感の反対語は無力感です。今言ったようなことがほとんど満たされなかったとしたら、赤ちゃんはだんだん表情をなくし、泣く力も衰えていくでしょう。赤ちゃんにとって生きていけなくなる恐ろしい事態へ——万能感から無力感へと一転したのです。この無力感に抗うため、赤ちゃんは指をしゃぶって、お母さんのおっぱいを吸っているという幻想に浸り、無力感を回避しようとしているという説もあります。

万能感は、大人になっても見られることがよくあります。赤ちゃんの時とは違い、すべてを自分がやらねばならない、やれるはずだという万能感です。例えば、勉強、仕事、家事などすべてを完璧にこなし、周囲の人間関係もそつなくこなすなど、自分に万能を課すのです。周囲からは賞賛され、特別な能力の人と思われたりします。しかし、内実は無力感を抱いており、それを隠すために万能であろうとしていることがよくあります。

無力感は赤ちゃんにとっては生死に関わる一大事ですが、成長した人間にとっても同じくらい辛く、認めがたい感覚です。これを否定するためには、常に完璧を追い求め、無力感が出てこないようにする必要があります。しかし**人間はいつでも万能であることはできません。**万能感を保つには、常に自分や周囲をコントロールする必要がありますが、それは不可能なことです。そのため、万能感を保とうとすると多大な緊張と不安が伴います。

何よりの問題は、万能感を追い求めていると、自分が本当は何をしたいのか分からなくなってしまうことです。いくら結果が出ても満足することができず、いつも飢餓状態のような不安な気分になってしまうのです。この不安を抑えるためにさらに万能感を求め、人生はさらに辛くなります。

万能感を求めている時は、誰にも心を開けず、とても孤独な状況です。傍からは強がっているようにも見え、なかなか理解されないものです。

赤ちゃんの万能感の根底には、ゆるぎない周囲の愛情と支えがありました。

万能感を求めている人にとって、その裏には無力感があることを安心して認められる環境が必要です。無力感の正体は不安感・孤独感なのですから。そのような環境があれば、万能の看板を自然と降ろすことができるはずです。

二〇二一年一月二十日

46　アイメッセージ

人と意志を通じ合うために発するメッセージ、でもそれが逆効果になることもあります。特に相手にこうしてほしい、こうなってほしいと願う時、どのように伝えたら効果的でしょうか？

まず命令形、「こうしろ」「こうなれ」は絶対的な上下関係や信頼関係がない限り難しいものです。次に説教型、「こうすべき」「こうあるべき」も先のような関係がない限り、正論を押し付けられるようで嫌がられます。

しかしこの二つ、あまり効果的でないのに日常的にはよく使われています。それは言う側が、自分が正しいと思い込んでいることが多いからです。特に親子関係や、上司と部下、指導者と生徒など、上に立つ側は自分が正しい、相手は未熟で分かっていないという前提で考えているのでしょう。こうなると、相手には相手の考えや立場があるということには思い及びません。でも相手はリモコンで動くロボットではないのです。上意下達の命令で動く組織は別として、相手が心から納得しないと主体的に考え動いてもらうことは難しいでしょう。

そこで言い方を一八〇度変えて、**「自分はこのように感じ考えている、あなたはどうだろう？」と伝えてみたらどうでしょう？**

これを「アイメッセージ」と言います。アイは英語のI、つまり「私」です。私を主語に伝えることで、相手にも自分で感じ考え、表現するよう促すのです。その結果、まだまだ未熟な意見が返ってくる場合もあるでしょうし、思いがけない立派な意見が語られる場合もあるでしょう。

このように**率直にアイメッセージを交換し合って、互いを認めることができれば、その安心感の中で、アドバイスされた側はどの程度自分の意見を生かし、どの程度相手の意見を受け容れるか判断できます。**

自分を思っての提案や、向上するためのヒントなどは大いに心に響くものです。また、自分で判断したことはやる気と責任が伴うので、前向きな行動につながります。

伝えた側も、精いっぱい伝えて後は相手に委ねるので、結果が思い通りにならないからといってやきもきすることはありません。そもそも、相手を思い通りすることは不可能ですから。

ところで、相手に「こうしろ」「こうあるべき」というのはユー（You）メッセージと言います。時と場合により必要なこともありますが、自分の想いを相手に押し付けがちなので、日常的に使うと嫌がられやすいですね。

47　パーシビアランス（忍耐）

二〇二一年二月五日

ＮＡＳＡが昨年七月に打ち上げた火星探査機は、七か月かけて宇宙空間およそ四億七〇〇〇万キロメートルを飛行し、二月十九日に火星に到着しました。この探査機に積まれていたのが、探査車「パーシビアランス」です。

パーシビアランスの使命は、火星に生命が存在した痕跡を見つけ出すこと。もし、地球外に生命が存在したとすれば、地球の生命の歴史にも新たな発見が始まるかもしれません。「パーシビアランス」とは、日本語で「忍耐」のことです。気の遠くなるような長い宇宙空間を飛び続けるには、数々の苦難を乗り越えたことでしょう。いざ火星に降り立った今からも、想定外の出来事も含め苦難は続きそうです。「忍耐」という命名は、そのようなことを連想させます。

しかし、アメリカという国は、一七七六年に建国し、約二五〇年の歴史しか持たない若々しい国です。その中で、数々の問題や矛盾を抱えながらも、自由と民主主義を掲げてやってきました。パーシビアランス（忍耐）はアメリカの探査車の名前としては意外な気がします。

日本では昔から、忍耐によって精神力が養われるという考え方があります。しかし、目的や見通しがあっての忍耐は良いのですが、それがない忍耐は拷問のようなものです。極端な例は、一方が他方を支配し忍耐を強いるやり方で、アメリカの奴隷制度はまさにこのような一方的な忍耐を黒人に強いるものでした。価値観を押し付けられ、自分の考えは否定されるという状況で忍耐を続けていると、気力や自信は失われます。そして自分らしさを見失い、周囲の価値観に合っているかどうかだけで、自分を判断するようになります。忍耐を強いられた側には、深い傷が残るのです。

一方、目的があっての忍耐は、その忍耐の過程こそ、葛藤を抱えつつ、発見と創造性につながる可能性に満ちた大切な過程です。アメリカが人種問題その他の諸々の矛盾・分断を解決していくには、目的を共有した上での忍耐が求められます。
そのような今の状況を考えると、「パーシビアランス」という命名は、なかなか意味深く感じるのです。火星探査でも結果を急がず忍耐強く向き合い、ぜひ深みのある成果を出してほしいものです。

二〇二一年二月二十五日

48 一体感と境界線

赤ちゃんは、満面の笑顔で周囲を魅了します。世界のすべてと一体になったような笑顔、それは見ている私たちにも、何の不安もない世界が無限に広がるような幸福感をもたらします。この時、赤ちゃんには自分と周囲の区別はなく、ただただ世界と自分が一体になった幸せな感覚を味わっているのでしょう。

人が生きていく根底には、この感覚があることが必要です。逆に、人と自分の違いを認識し境界線を引くことも、自分と人を守って生きていくために必要です。

さらに、具体的に考えてみましょう。

同じ目的を持って周囲と励まし合い、共感し合う時など、自我が大きく広がるような一体感を感じます。

すぐれた音楽や美術、自然などに接したり、旅行をしたりする時、自分の中から思いがけない感情が湧き起こり、世界との一体感を味わうことがあります。

好きなスポーツで体を動かした時の心身が高揚する感覚、風呂にゆっくり浸かった時に、身体がほどけて広がるような感覚など、日常の中で私たちは、自我が広がり世界と一体になっていく感覚を、繰り返し味わっています。

ともすれば自分を抑えることの多い日常の中で、時折訪れるこのような一体感は私たちを癒やしてくれ、生きる喜びを与えてくれます。

人を動かす大きなエネルギーは感情ですが、感情は自他の境界を越えた共感となって広がりやすいものです。喜び、怒り、悲しみなどは、特に共感が起こりやすいものですが、あくまで誰の感情なのか境界線を引いて確認することが必要です。この境界線が弱いと、いつも人を巻き込んだり、巻き込まれたりということが起こりがちです。まだ境界のできていない赤ちゃんがその典型で、赤ちゃんは周囲を巻き込まないと生きていけない存在なのです。

私たちは成長するにつれ、周囲と境界線を引きながら、時に一体感を味わう、この二つを日常的に繰り返す存在となります。

しかし、境界線を引き過ぎると周囲から孤立したり、一体感を求め過ぎると何かに依存するようになったり、なかなか難しいものです。

人生で一番大切で努力が必要なのは、この二つのバランスをうまく取ることかもしれません。

二〇二一年三月十九日

49 縄文と弥生

縄文時代と弥生時代、この二つの時代の名前は土器の名称に由来しています。その後の時代は、古墳時代、飛鳥時代、奈良時代など、象徴的な建造物や首都の場所などが時代を表すようになってきます。

土器の名称が時代を表すとは、古代の人々の生きた軌跡や創造性がしのばれる、なかなか味のある命名と思われます。縄文は土器に施した文様の名前、弥生は土器が発見された場所の名前です。縄文のほうが、より土器そのものを表現していると言えます。

縄文時代は一万年以上続いたので、土器の文様も、時代や場所によって変遷がありました。ほぼ変わらないのは、土器に何らかの文様や装飾を施すという作業です。

もともと、煮炊きの目的で作られた縄文土器ですが、基本形の上に、必ず何らかの文様や装飾が施されました。縄を転がして縄目文様をつける縄文の種類だけでも百種類以上あると言われています。

縄文時代中期（五五〇〇年~四五〇〇年前）になると、有名な火焔土器も登場します。火焔土器の燃え上がるような存在感は、実用を遥かに超えて表現が目的と言わざるを得ません。

縄文人の生活は、狩猟、採集、栽培が主で、基本的には定住生活をしながら、自然環境が変わると移動したりしていたようです。大いなる自然に身を委ねながら、その中で日々湧き起こる感情を土器に表現したのかもしれません。土器は単なる生活の道具ではなく、自分自身を投影する作品でもあったと思われます。

弥生時代になると、大陸由来の水稲耕作が西から東へ広まっていきました。もはや自然に身を委ねるのではなく、自然をコントロールして、安定した稲作を目指す社会へと変化していったのです。集団をまとめて主導するリーダーが出現し、社会の中での個人の役割も決まっていきました。弥生土器も、社会の在り方に添って、装飾の乏しい、機能的・実用的なものになっていきました。それでも、弥生時代中期ともなると、それぞれの個性や美意識を盛り込んだ土器が作られるようになります。ただ、火焔土器のような、実用性を度外視したような土器は作られませんでした。

古代の遺物は私たちに、多くのことを伝えてくれます。その中でも土器は、作り手の手の形から人となり、感情、考え方、社会の在り方まで、感じさせ想像させてくれます。**厳しい環境や生活の中でも、懸命に生きて表現し続けた人々は、表現することで自分を発見したり、気持ちを高めたり癒やされたりしたことでしょう。それは、今も変わらない、表現の持つ作用です。**

二〇二一年四月十日

50　ヤングケアラーとアダルトチルドレン

最近、ヤングケアラーという言葉をよく耳にするようになりました。

通学や仕事のかたわら、障害や病気のある家族の介護をしている十八歳未満の子供を指します。二〇二一年の厚生労働省の調査では、中学二年生の六パーセント、高校二年生の四パーセントがヤングケアラーで、この二学年だけで約一九万人になります。

三菱ＵＦＪリサーチ&コンサルティングによると、ヤングケアラーたちは「学校などにあまりいけない」が三一・二パーセント、学校に行っても「授業や部活に集中できない」が二七・四パーセントと、深刻な影響を受けています。しかしその中で実は、自分をヤングケアラーと認識していない人が八割にものぼるのです。

家族の中で動ける人が動けない人の面倒を見るのはやむを得ないとされ、ケアという「仕事をしている」とはみなされない、社会的にも評価されないという現実が、この背景にあります。その結果、家庭内でケアという事態が発生した際にそれを担うのが十八歳未満の子供たちしかいなくてもそれを行政に届け出て支援を受けるという制度は、現在はありません。

家事や介護の仕事はエンドレスで、とても負担の重いものです。それを、学校に通って勉強したり、友人関係を作ったりという人生の基礎を作る大事な時期に引き受けると、大事なものが十分に築けないまま、大人になってしまいます。

勉強ができなかった、学歴や資格が取れなかったなどの社会的な不利益に加え、自分の感情を出せない、自己主張できない、自分が劣っている意識など、内面への影響も心配されます。

これは、今までアダルトチルドレンの抱える問題とされてきたことと重なります。依存症の親や支配的な親、無力な親などを抱えて、何とか親の問題をカバーしたり、自分の欲求を抑えて問題のない子供であり続けたアダルトチルドレンは、成人してから自分の欲求がよく分からなかったり、周囲との間に壁を感じたりして、生き辛さを抱えることがよくあります。子供として過ごす時期にそれができず、周囲の都合に合わせて生きるしかなかったことが、大きな問題を残すことになったのです。

ヤングケアラーの問題に光が当たったのは大事なことで、今後本人たちの立場に立った具体的な支援が課題です。それと同時に、今まで表面化することの少なかったアダルトチルドレンの問題に、アプローチすることも必要と思われます。

ヤングケアラーが自分をヤングケアラーだと気づいていないように、アダルトチルドレンも、自分がアダルトチルドレンだとは気づいていないことが多いのです。まず自分が置

かれている状況について、客観的に知る機会があること、自分がヤングケアラーやアダルトチルドレン（両方の場合も多いでしょう）と分かったら、自分に添った必要な支援を受けられることが必要です。

自己主張できないが故に今まで日の当たらなかった子供たちの人権の問題として、具体的に考えないといけない時期ではないでしょうか？

二〇二一年四月二十七日

51　自分を知る――依存症から考える

アルコール依存症など、依存症の治療には、三本の柱があります。

①病気について正確に知ること。

②自分自身が病気をどう認識し行動していたか振り返り、間違った認識を修正すること。

③同じ病気の仲間と率直に自分を語り合うこと。

①は、本などでも知識を得ることができます。しかし、②と③は一人では不可能で、治療の場や仲間が必要です。

抑圧していた苦しみを消し去り万能感をもたらしてくれるアルコールの作用、この作用に心身ともに依存していく過程を、病気と分かっている人はなかなかいません。実は強い依存作用を持つアルコールですが、依存する自分に罪悪感や無力感を覚えるようになります。しかし、それを消すためにもアルコールが必要です。繰り返すうち、徐々にアルコールが生活の中心となり、コントロール不可能となっていきます。

無力化したこの状態を認めていくこと、つまりアルコールに振り回され、日常や人間関係を失い、誇りも失った苦しさを率直に語ること、それは自分という唯一無二のものに寄り添うことです。恥ずかしい自分を隠したり、何とかなると支援を断るのは、自分を見捨てることになります。しかし、この状態を認めるのは、すべてを失うようで怖いものです。

そこで、同じ体験をした仲間と苦しみを分かち合うことで、初めて安心して自分を認める勇気が得られます。

そもそも、**依存症になる場合は、自分を知り、認める機会に恵まれていないのかもしれません。**例えば、家庭内に依存症の親がいるなど不安がいつもある場合、壊れそうな家庭を維持していく役割を引き受けざるを得ません。家庭や学校でさまざまな体験を積んで自分を知っていく時期に、見守ってくれる人もなく、不安の対処に追われ、本来の自分の欲求を知ることができないのです。自分の欲求が分からないと、常に周囲に合わせようと緊張し、不安、虚しさ、怒りなどの感情に悩むようになります。この苦しみから逃れようと、何かに依存することは起こりうることです。

自分を知り認めることは、人生で最も大切なことですが、状況に恵まれなければ最も難しいことになります。依存症の治療というきっかけは、一見辛い状況ですが、自分を知って認めるための大きなチャンスかもしれません。

二〇二一年五月十八日

52　磁石のような自分

「自分の意見は」、「自分の役割は」など、私たちはよく「自分」という言葉で他者との違いを表現しようとします。「自らの分」つまり己の領域を表す言葉として、「自分」はよく使われる言葉です。

しかし、この言葉が表す境界は、けっこうあいまいなものです。

自分の意見と言っても、周囲やマスコミの見解など、自然と耳に入るものがそのまま自分の意見となってしまうことは多いものです。自分でも納得したつもりになっていますが、周囲の流れが変わるとまた変化します。

自分とは磁石のように、感情が周囲の感情を引き寄せ、ふくれ上がったり、しぼんだりするものです。しかし、これを繰り返すうちに、自分なりの見解が持てるようになり、自分らしさが形成され、自ら発信することができるようにもなります。

ところが、この自分に不安があり、自己否定的な気持ちが強い時、周囲の不安を次々に引き寄せ、不安がふくれ上がっていきます。家族など、周囲の不安も自分の不安のように感じられ、さらに不安になってふくれ上がるという悪循環です。

そこで、引き寄せた不安を解決することで何とか不安を鎮めようとしますが、自分の問題ではないので、根本的には解決しません。何とか解決してコントロールしなければと焦り、さらに不安が強くなります。

こうして、自分の問題と人の問題の区別がつかないまま、磁石は次々と不安を引きつけ続けます。もはや自分の本当の欲求は何か、分からなくなり、ただ不安が増すばかりです。

このような情況では、まず自分自身の不安の正体を知ることが必要です。これは、一緒に向き合ってくれる協力者がいるといいですね。

不安には、周囲から押し付けられた不安、喪失感から生じた不安などさまざまありますが、自分の不安を発見できたら懸命に向き合ってやりましょう。それができたら次に、不安の磁石にやたらくっついたたくさんの荷物を、一つ一つ切り離していきましょう。

荷物が減ると、少しずつ自分の欲求が見えてきます。これからが、自分の人生の始まりです。

二〇二一年七月十八日

53　家族神話

私たちは日々、たくさんの「当たり前」に支えられて生きています。朝、太陽が昇るのは当たり前、昼は活動し、夜になると休むのが当たり前など、際限のない多くの当たり前が私たちの日々を形作っています。

その中で、家族については、愛情を持って支え合うのが当たり前という、家族神話とも言えるものが浸透しています。しかしよく考えれば、これは当たり前ではなく、家族という集団が力を合わせて目指す目標と捉えたほうが良いでしょう。

そもそも、他人同士が結婚して家族は始まるのです。自分を開示し、相手を知る努力が必要です。共に時間を過ごし、率直に話し合い、互いを重んじ尊敬する、どれか一つ欠けても、相互理解は成り立ちません。これを日々続けるうちに、愛情を持って支え合うという態勢が徐々にできてきます。

また家族には、家族を維持するためのさまざまな仕事があります。家庭の日常的な家事、生活費を稼ぐための仕事など、どのような分担でおこなうか取り決め、それを守って家庭は運営できるのです。

諸々の取り決めと、日々の実行と、その中で相手を理解しようとする努力、このようなものが家族を支え合い、家族をつなぐ愛情となるのです。

しかし私たちは、最初から家族の支え合いと愛情があるのが当たり前と思い込みがちです。

特に、子供は家族の愛情があってこそ生きられるので、自然とそう思います。

両親の仲が悪かったり、子供に対しての愛情が乏しい場合などに、子供は自分が良い子でないからだと考えます。当たり前なことが存在しないのは自分が悪いからだと原因を自分に求め、自分を責めるのです。

また、親が親の役割を果たせないことが多いと、子供は自発的に親の役割を代行したりします。家族の当たり前を維持しなければと考え、自分を抑えて周囲の事情に合わせた思考や行動をするのです。

このように無理をした影響が成長後に出てきます。自分の感情や欲求が分からない、周囲に合わせているがいつも不安であるなど、生き辛さを覚える状態です。家族神話に合わせて自分を抑えつけたための、辛い結果です。

家族神話におんぶして、家族は愛情があって支え合うものだなどと決めつけないで、それは努力の結果得られるものだと知りましょう。家族を作っていくにはどのような契約と努力と覚悟がいるか、家族を作る前に学び考える必要があります。一番に守られるべき、子供の成長のための安全な環境を作るためにも。

二〇二一年八月六日

54　気分とのつき合い方

気分の良い日、悪い日、毎日気分は変わります。さわやかな季節、寝覚めは最高！　と思いきや、今日は苦手なテストがあるということもあります。

気分は、周囲の状況、身体の状況、そして心の状況を映し出して変わります。朝、多少気分が悪くても、思い切って外に出て体を動かしているうちに、徐々に気分が落ち着くことはよくあることです。

このように、**多少の気分の変動は受け流して、私たちは行動します。気分とのつき合い方を覚えて、ほどほどにつき合っているのです。**

ほどほどにつき合えない場合は大変です。気分の変動に振り回されて、言うことなすことくるくる変わり、周囲も自分も疲れ、自信をなくしてしまいます。逆に、全く気分を無視していると、感情が分からなくなり、空虚感に苦しむようになります。

このような気分とのつき合い方は、人間関係と似ているかもしれません。日頃は距離を取ってほどほどにつき合い、必要な時は親身になるという、「いい加減」をしながら人間関係は成り立っています。

気分とのつき合いがうまくいかない時は、家族関係がうまくいかず、互いを責めることが多かったり、本音が言えなかったり、トラウマのような心の傷を抱えていたり、自分だけの問題ではないことが多いものです。「いい加減」にできない問題を抱えているため、気分とうまくつき合えないのです。

気分とのつき合いがうまくいかない時、自分を責めないで、自分が抱えている状況に目を向けてみることも必要です。

二〇二一年九月七日

55　心の袋

私たちは生まれ落ちて、最初は赤ん坊、次に幼児、少年・少女、青年、大人と、呼称が変わりながら成長します。外見も成長につれ変わり、心も、両親や周囲に依存していた時代から、自分の心や考えを持つ大人へと成長します。

「自分」とは、このような過程を経て、ゆっくり形成されるものでしょう。周囲と融合したり離れたりしながら、その体験が己を変化・成長させ、「自分」を作っていきます。

成長し、大人として生きていくためには、この「自分」ができていることが必要です。「自分」がないと、不安に対処できず、いつも身構えたり、時には現実逃避を図ったりするようになります。

この「自分」について、もう少し具体的に考えてみましょう。

子供の頃は、両親の指示や助言に従いながら、その中で自分の欲求を実現させようとします。遊びや勉強、友達関係など、子供としてやることはたくさんあります。「自分」を作っていく子供にとっては、すべてを大人の価値観や方法に従わせようとしたり、逆にそのような提示が全くない環境が一番苦しい環境です。このような環境では、自分の欲求を抑えて周囲に合わせるしかなかったり、何の提示もないので不安ばかり感じたり、どちらも本来の欲求を表現することができません。

適度な指示や助言があり、自分の欲求も出せるという環境で成長すると、だんだんと心に袋ができてきます。この袋に、自分の欲求と相手の指示や助言をひとまず入れて考えるのです。袋に入れて考えているうちに、たとえ相手の考えと自分の欲求が違っている場合でも、それなりの考えがまとまってきます。

この袋がないと、不安に持ちこたえながら考えるということができません。即座に相手の意見に従うか、拒否するかになりやすく、自分の考えがなかなか形成されないのです。この結果、ストレスを強く感じるようになり、周囲との間に壁を作ったり、現実から逃避したりすることが起こります。心の中は孤独感や自己否定感でいっぱいという辛い状況で、分かってくれる人の助けが必要です。

心の袋は、人間関係の中で生きる私たちに欠かせない大事なものですが、自分を肯定し分かってくれる環境でしか形成されないという難しさがあります。また、そのような環境が失われると、心の袋も小さくなっていきます。

お互いを認め合う良い人間関係を作っていくこと、その中で心の袋を作るよう心掛けること、その両方をいつも模索していくことが、「自分」を保つことにつながりそうです。

二〇二一年九月二十四日

56　機能不全家族

「機能不全家族」は、最近よく聞くようになった言葉です。ストレスや対立が多く、家族として機能していない状態の家族を表します。

家族として機能しているとは、メンバーに信頼感があり、自分の役割を意識し、世代間境界や個人の境界が守られている状態です。その結果、家族としての一体感が形成され、互いを認めながら、それぞれの役割を取って集団が運営されます。

この時、融合と分離という、一見相反する機能がごく自然に働いています。機能不全家族の場合は、境界が消えるほど融合したり、逆に境界というより孤立と言えるほどにバラバラだったりします。

考えれば融合と分離は、どんな集団にも必要とされる機能です。最終的には国家という、最大の集団にも当てはまります。

見渡せば、機能していない国家は多々あります。為政者が軍隊を使って国民を抑えつけ従わせるのは、融合とは言えず抑圧です。強いリーダーシップがなく、いろいろな勢力が対立するのは、分離ではなくバラバラの集団です。いずれも、国民は守られず危険にさらされ、亡命したり難民になったりすることが起こります。このように、国家が機能不全に陥ると、大きな悲劇につながります。

家族が機能不全になると、やはりメンバーは守られず、いろいろな病気が生じることがあります。**うつ病、社交不安障害、アルコール依存症、摂食障害、消化器の病気など、**ありとあらゆる病気が考えられます。**病気を発症するのは個人ですが、家族の機能不全がその要因となっている場合も多いのです。**

そこで病気を本当に治療するには、その人の属している集団を知り、アプローチする必要があります。また、治療において、本人が、自分の問題と集団の問題を分けて考えるようになること、つまり境界を作れることは、病気の改善につながります。

機能不全家族という概念がもたらした功績は多大です。病気という個人の機能不全は、集団の機能不全に由来することがあること、個人を見る時、同時に所属する集団を見る視点が必要であることなど、視点を大きく広げてくれました。

二〇二一年十二月十日

57 のみ込み

「のみ込み」は文字通りの意味で使われる場合と、のみ込みがいい＝物分かりがいいなどの比喩で使われる場合があります。食べ物をのみ込むことと、物事を理解することは、どちらも生きていく上で、日々欠かせない行為です。

与えられた食べ物をのみ込むかどうかは、個人の判断ですが、幼い頃は味や感触、匂いなどの好き嫌いがあり、のみ込めないことも多いものです。このような好き嫌いも、成長と共に改善するものが多いのですが、中には生涯のみ込めないものもあります。また、たとえのみ込んだとしても、食べ物の中に心身が受け付けないものが混じっていると、吐き出して身体を守ります。

のみ込みの比喩でたとえられる、物事の理解や受け容れについてはどうでしょう。

例えば子供は、家庭内が不和で緊張している場合、その状況を判断の余地なくのみ込みます。のみ込んだ結果、緊張や不安を抱えますが、これは消化することも吐き出すこともできないまま、心の中にとどまります。健康な精神に相反する異物なのですが、その状況でしか生きていけない子供はのみ込むしかないのです。

異物をのみ込んだ場合、いつもこの異物（不安や緊張）に対する対処が優先し、のびのびと状況を楽しむことができません。どのような状況にいても、どこかに不安や緊張を感じるからです。

また、異物でありながら、不安や緊張は自分の一部のように感じられ、傍からもそのように思われてしまいます。その結果、自分が弱くてダメな人間に思われ、自信をなくしたり、気分が沈んでうつ状態のようになることもあります。

一見自分の一部になったこの異物は、いつも自分を苦しめる存在です。**いつも自分を苦しめる感情があれば、その感情を外に発散しようとするだけでなく、感情自体に向き合ってみることが必要です。ゆっくり話を聞いてくれる環境で、時間をかけて向き合ってみましょう。**生きていくためにのみ込んだものが、自分の人生を妨げていたことが、だんだんと見えてきます。傾聴してくれる人に話すことで、異物であることが分かり、自分から離れていくのです。

二〇二一年十月二十五日

58　うつうつ

うつは苦しいもの。やる気は出ないし、自信はなくなるし、気分は落ち込むし、焦りは強くなるし、眠れないし、何より辛いのは周囲に分かってもらえないことだしと、うつうつするばかりです。それればかりか、気合が足りないとか、気分を変えたらいいとか言われることも多く、努力したくてもできない時に、努力を強いる言葉をかけられるのは辛いものです。

では、本人自身がうつを理解しているかというと、そうでもなくて、気力が足りないなど原因を自分に求め、自分を責めていることが多いものです。理解のない周囲が見るように自分を見て、さらに苦しくなっているのです。

そこで見方を変えて、このようにうつを見るのはいかがでしょう？

うつとは、荷物を整理せずに次々と溜め込み、ある日その重みで床が抜けたような事態であると。荷物とは、現実と向き合うことができず、解決していない諸々の問題で、とりあえずそこに置いておくので溜まる一方になります。

例えば、家庭の事情で、ほとんど養育してもらえなかった場合、学校や社会で周囲に合わせて振る舞っても、自信がなくいつも不安かもしれません。それは自分の力では向き合えない現実であり、誰のサポートもなければ、とりあえず周囲に合わせて行動するか、先延ばしにするようになります。不安で自信のない行動や先延ばしの数々が、荷物のように溜まっていきます。いつかその重み・辛さで底が抜け、何もしたくなくなるかもしれません。

このように、不安で自信が持てず、周囲ばかりうかがううちに底が抜けてしまうような状態は、誰にでも起こりうるものです。

この状態から回復するには、どうしたら良いのでしょうか。

今まで一人で何もかも抱え込んできたからこそ、こうなったのです。**その辛さ苦しさを分かってもらえる場所がまず必要です。**

次に、**自分がどんな荷物を溜めてしまっていたのか、一つ一つ見直しましょう。**自分が持つ必要のない荷物が多いはずです。自分のせいではないことが多いのです。

そうやって、**初めて自分のうつについて、理解することが始まります。うつうつと続いた不安や孤独からの回復も、ここから始まります。**

二〇二一年十一月十一日

59　白か黒か、二者択一

白か黒か、二者択一は分かりやすい選択です。しかし現実は、そんなに単純なものではありません。白のようでもあり黒のようでもある、いわゆるグレーゾーンが多く、迷いながら自分なりの選択をするものです。

例えば、自分の欲しい物があり金額が折り合わない場合、欲しい物をあきらめるか、借金してでも手に入れるか、自分の心に問いかけ、身近な人に相談し、現実と葛藤しながら結論の方向を見つけます。結果的には、その時はあきらめ、数年後に手に入れるという結論になるかもしれません。

しかし、**心が追い詰められると、だんだん白か黒かという考え方になってきます。時間をかけてゆっくり考えるということができず、正しいか、正しくないか、白か黒かという、二者択一思考に陥りがちです。**

この時、心の中は、自分と向き合う余裕がなく、不安や焦りでいっぱいになっているものです。不安や焦りをどうにかするためには、自分を奮い立たせて居丈高になるか、現実から逃げるかと、やはり二者択一思考になってしまいます。

もちろん、どちらかを選ばないといけない場面は日常的によくあります。そのような時、二者択一思考に陥っていると、かえって選ぶことができないという矛盾があります。

二者択一思考では、白か黒かは簡単にひっくり返ってしまいます。不安や焦りの中で自

分に対する信頼感をなくし、選ぶ根拠が揺らいでしまうのです。このような状態では、自分が決めていくことはとても困難です。

二者択一思考の奥にある、信頼感をなくしたこの辛い状況に目を向けること、そして、自分の話を批判なく聞いてもらえる環境が必要です。

二〇二一年十一月二十五日

60　親子になる

「人は女に生まれるのではない。女になるのだ」

有名なボーヴォワールの言葉です。いわゆる「女」と言われる存在が、いかに社会的な規定によってできているか、鋭く見抜いた言葉です。

タリバンの兵士が「男は女の二倍の価値がある」と語っている映像を見たことがありま

す。何を根拠に？　と呆れますが、彼はそのような価値観を植え付けられ、疑うことを知らなかったのでしょう。

ところで、親子についてはいかがでしょう？

親のもとに子供が産まれたら、法律上は親子になりますが、そこで親子関係ができるというものではありません。

親は子供を守り養育し、規律を教え、教育を施し、社会で生きていけるよう、見守り育てます。子供は、親に守られ養育される中で、自分の興味や生き方を見つけようと努力します。親も子も、日々努力し、時間をかけて親子関係ができていくのです。

そこには、自然な投影が起こっています。親は、子供に対し、小さな存在に対する愛おしさ、成長への不安や期待などの気持ちを投影し、子供は、安心感・優しさへの期待、成長したい欲求などを親に投影します。この投影が互いにうまく取り入れられれば、望ましい親子関係につながるでしょう。

しかし、例えば親の中に強い不安や怒りがある場合、それが子供に投影されます。子供が泣き叫ぶと、自分を困らせ苦しませているように感じます。子供の不安より、自分の不安をまず感じて投影し取り入れてしまうのです。子供は親に不安を投影しなだめてもらいたいのですが、さらに不安になります。

また、**親が自分の不安や愚痴を子供に言って聞かせると、子供は聞き役になり、自分の不安を言えなくなります。**このように**不安が特に親の側に存在していると、健康な双方向の投影ができなくなり、**親子の関係が逆転してしまいます。**そして、健康な子供時代を送れなかった子供は、大人になって空虚感や自信のなさに苦しむことになります。**

強い不安を抱えたのは個人の責任ではありませんが、**それを解決していくのはその人しかできません。個人で抱え込んだり、家族に一時的な解消を求めたりせずに、一緒に向き合ってくれる人や場所を求めましょう。**不安が解決すれば、きっと自然な愛情が湧いてきて、新しい親子関係を作っていけるはずです。

二〇二一年十二月十一日

61　物語の意味

私たちは幼い頃から、さまざまな物語を聞いたり見たりして育ちます。おとぎ話から始まり、大好きなアニメの物語、家族の苦楽の歴史、人の出会いや別れを描く映画など。

このような物語の中で自分と重ねて、泣いたり笑ったり怒ったり悲しんだりします。自分の分身のような主人公が活躍するのはわくわくしますが、不幸になるのは辛いものです。

このような体験をしながら私たちは、自分なりの人生の物語を作っていきます。現実を生きながら、どこかで自分の物語を生きようとして、自分を励ましたり規制したりするのです。

ところが人間関係や社会関係に恵まれず、自分を中心とした人生の物語をうまく作れない場合、物語の世界が自分の世界になってしまうことがあります。空想と現実が逆転したような状況で、ますます現実から遠ざかってしまいがちです。

さて、人間にとって一番大事な物語と言えば、自分と両親との物語です。どのような両親から、どのような思いを受けて生まれたかが、人生の出発点となる大事な物語です。いろいろな事情で自分の親の存在が分からない場合、どうしても親に会ってみたいと願うのは、空白になっているこの物語を知らないと、自分の人生の意味が分からないという思いがあるからでしょう。人間にとって、根源的で切実な欲求なのです。

うつ状態になると、それまでの自分の物語がいったん崩れます。何とか元の物語に戻そうと懸命に頑張るのですが、ますます物語が崩れ苦しくなります。その物語にかなり無理があったり（本音を言わず、人に合わせることを優先し、自分を抑えつけている物語など）、また、いじめなどで周りから物語を壊される場合もあります。

うつは苦しい体験ですが、自分を主人公に物語を作り直す機会と言えます。苦しさを経て、今度こそ自分がのびのびと主人公でいられる物語を作りたいものです。

二〇二一年十二月二十五日

62　分かると分かる

人生を生きる喜びは多種多様です。美味しいものを食べたり、美しいものを見たり、好きな人と一緒に過ごしたりと、ささやかな喜びから大きな喜びまで、多岐にわたっています。

今まで分からなかったことが分かるのも、深く大きな喜びです。分からないことが分からない間は、大きな壁にぶつかったように悶々と悩みます。悩み続けた末、ふとしたきっかけで分かった時の喜びは、一気に壁が崩れたように爽快なものです。

分かった途端、分かったことが当たり前の世界に変化し、次の分からないものへとテーマが進み始めます。このように、一つ一つ分かることで、人は前に進んでいくのです。

ここに分かり合えない親子がいるとします。子供は自分が抱える不安を、親に分かってもらうことで和らげようとします。子供はテストの結果を見せ、自分を分かってもらい、ほめてもらおうとします。

でも親が、不安を見せる子供を叱ったり、テストの結果を一方的にけなしたりすれば、子供は傷ついて、今後は本当の気持ちを語らず、テストも見せなくなるかもしれません。そして、分かってもらえない、寂しさ、虚しさ、怒りなどが残り、何とか分かってもらいたい気持ちを心の奥に抱えていくようになります。対象が変わるたびに、今度こそは分かってもらえるのではないかと期待しつつ、傷つくことを恐れて気持ちを出せません。分かってもらえないのは自分が悪いのではないかと考え、率直な気持ちを言えず、相手に合わせて尽くすことで分かってもらおうとします。これでは、奥に抱える寂しさや虚しさを分かってもらうことは困難です。こうして分かってもらうことができないまま、自分を信じることができず、何かに依存してしまうことも多いものです。

人は分かってもらうことで、自分を肯定し受け容れることができます。自分を分かり受け容れていくことは、生きるため最も必要なことです。決して自分を否定されない場所や人があれば、徐々に自分を分かって受け容れることができるようになります。その時、今までいた不安な世界から分かれて、自分らしく生きられる世界へと一歩ずつ歩み始めるの

です。

二〇二二年一月十一日

63　自分のことは分かる？

「自分のことは自分が一番良く分かっている」とは、よく聞く言葉です。しかし、果たしてそうでしょうか？

第二次世界大戦下では「お国のために、天皇陛下のために戦うのが正義」と信じていた人が、敗戦とともに個人の人権や平和の大切さを信じるようになりました。どちらも同じ自分です。

このように正反対のことでも、情況次第で信じるのが自分です。ここで深く反省して、戦争とは何か平和とは何か、国家とは、個人とは何かと考え、自分なりの思想を構築すれば、情況が変わってもあまり自分の考えは揺れ動かないでしょう。こうなると、自分をかなり分かった状態と言えるかもしれません。

私たちは身近な人の評価に左右されます。幼い頃から、親が自分を評価せずけなしてばかりいたら、自分を否定する気持ちは強くなるでしょう。この自分を否定する気持ちは、本来の自分から発生したものではなく、親から取り入れたものです。

取り入れの根底にあるのは不安感です。認めてほしいのに否定される不安、それは自分が悪いからだという考えにつながり、さらに自分を否定するようになります。

このように、周囲の情況や大事な人との関係によって、自分に対する認識は左右されます。自分に対して否定的に考え、苦しい気持ちを持つ時は、本来の自分の考えではなく、周囲から押し付けられた可能性があります。大事な存在から押し付けられているので、自分の考えとして取り入れてしまい、その結果、ずっと否定的な考えに悩まされるようになるのです。

否定的な考えを持つと自分を受け容れられないので、生き辛さを抱えるようになります。

自分を肯定するのが、本来の自分です。押し付けられた考えを取り除いていけば、生き

生きした、自分を肯定できる自分が現れるはずです。自分が「分かって」きたのです。

二〇二一年一月二十六日

64　どこかに行った主役

物語、劇、映画などは、必ず何らかのストーリーがあり、その中心になる主役がいます。周囲とのやり取りや出来事が起こる中で、主人公はその状況を楽しんだり、立ち向かったりしながらドラマが進行します。

この主人公がいなかったらどうでしょう。それぞれの場所でつながりの乏しいドラマが展開し、見る側も退屈して中座するでしょう。

心がうつ状態になるときは、まさにこんな状態と言えます。主役がおらず、まとまりのないバラバラの心の状態で、現実に対処するのが困難になります。何とか心をまとめようとしますが、主役不在ではまとまらず、疲れて自信をなくし、現実から逃れたくなります。
この時、主役はどこに行ったのでしょう？　自分の心ですから主役がいて当然なのですが、自分を顧みていないと徐々に主役の存在が希薄になってきます。顧みないどころか、日常的に自分を責めたり否定したりしていることも多いものです。
物事がうまくいかない時に、自分の責任だとして自分を責め否定する、これは一見謙虚ですが、すべて自分で抱え込み結局解決しないことが多いのです。そしてますます自信をなくします。人生の主役は自分であり、全力で守らないといけないものですが、これでは自分を守れません。

自分を責め、否定する理由として、自分を甘やかしてはいけないという考えがあるようですが、甘えはいけないことなのでしょうか？

自分を心から肯定し甘やかしてくれる心地よさは、子供・大人を問わず生きる力を与えてくれます。生きる力が湧いてくれば、自分の力で前に進んでいきたくなります。このような甘えを本当に体験していないと、甘えは他者に依存する、いけないことと思いがちです。

見失った主役を復活させるには、まず自分を認め肯定すること、十分に頑張ってきた自分の頭をヨシヨシとなでてやることも必要です。それは甘えの心地よさを体験することかもしれません。

主役として自分の人生を生きるのは、困難なことが多いものです。厳しさの中にも時には甘えていいよとやさしく、主役の自分を見守ることが必要です。

二〇二二年二月十二日

65　信じる力は生きる力

現在起こっている、ロシアのウクライナ侵攻。

劣勢と見られていたウクライナの抵抗は強く、ロシアの破壊的な攻撃に持ちこたえています。このウクライナの人々を支えているのは、日々発せられる、ゼレンスキー大統領の言葉の力が大きいでしょう。

ロシアの非を国際社会に訴え、具体的な支援を強く要請し、国民にウクライナを守り抜こうと断固とした口調で呼びかけています。攻撃と破壊の中で、国民を信じ自らを信じるその言葉は、不安をはねつける確かな力となって人々の心に届きます。

国民に心の柱となる信頼感と勇気を日々届けられるとは、卓越したリーダーと言えます。

私たちの心の中の信頼感も、日々、家族など周囲から届く言葉で醸成されるものです。信頼感のある言葉が届かず、不安感ばかり届いていたら、心の中に信頼感が育ちません。

信頼感が乏しいと、自分も他者も信じることができず、周囲をうかがいながら周囲に合わせて生きるようになります。自分の人生を生きることができず、いつも何かに脅え、それから逃れようとする人生になります。

何かに没頭して、束の間の一体感で不安を忘れようとしたり、不安を和らげてくれる酒やギャンブルに頼ったり、信頼感の乏しさを埋めるため、多くのことが試みられます。しかし、信頼感が育たない限り、何を試みても生きている実感は希薄なものです。

昔、信頼感が届かなかったのなら、今から自分に届けてやりましょう。安心して話せる人や専門家を探して自分のことを語り、信頼感を心の中に育てていきましょう。

二〇二二年四月二十七日

66　権力と自由――ウクライナ侵攻から

二月末から始まったロシアのウクライナ侵攻。二十一世紀にもなって、このような戦争が起こるとは予想しなかったと、よく言われます。

しかし、シリア内戦やミャンマーの軍事クーデターなど、内戦ではあっても、同じことは世界の各地で起こっています。法をもしのぐ絶対的な力を持つ権力者がいれば、起こりうることなのです。

絶対的な権力者の存在理由、それは人民を愛することであってほしいものですが、現実は権力を維持し続けることが最優先事項になります。権力者には、常に他の権力者に地位を奪われる不安があるからです。

権力維持に腐心していると、自分に離反する者は許すことができません。たいがい、自由を求めて離反するのですが、自由こそが絶対的権力者にとって一番の敵なのです。自由と絶対権力は相反する概念ですから。

ロシアの前身のソビエト連邦は、共産党の一党独裁という、形を変えた絶対権力の支配でした。そこで、同盟国が自由を求め始めると、すかさず戦車を派遣して抑え込むということを繰り返しました。

ソビエト連邦が崩壊して、民主主義国家ロシアになったはずでしたが、いつの間にか独裁的権力者プーチン大統領が支配する国になってしまいました。

秘密警察ＫＧＢの一員として、大国ソビエト連邦を支えていたプーチン氏には、民主主義よりも、世界を二分する力を持ったかつての大国の復活と、それを導く自らの絶対的な力の行使が大事なように見えます。

果たしてそれをロシア国民が望んでいるのか、国民の本当の声を知りたいところです。

二〇二二年五月十二日

67　子供も大人も

子供は理解力に乏しく、不完全な存在だと見なされがちです。また、子供は苦労を知らない純粋な心を持っているとも言われます。しかし、それは子供の小さな外見に惑わされての考えではないでしょうか。

私たちの子供時代を振り返ってみましょう。のびのびと振る舞える楽しい時もありましたが、親や大人たちの顔色をうかがう場面も多かったのではないでしょうか。大人たちの反応を見て、自分が生きていくにはどのような態度を取ったらよいか、自動的に考えていたはずです。

大切な大人の反応が毎回異なる場合、つまり感情任せなどの場合、子供は相手の反応に合わせてしまうため、一貫した考えを持つことはできません。自分の考えを持てないと、社会でも相手に合わせることしかできず、人間関係を作るのが難しくなります。

また、両親の不和などが続くと、子供は自分に原因があると自分を責めるようになります。子供はまだ一人では生きていけない存在であり、そのため情況を客観的に見ることができません。この辛い情況の責任は自分にあり、自分が良い子になれば情況が変わるのではないかと、子供なりに必死の思考をするのです。

人生を生きている存在であるということでは、子供も大人も同じです。置かれた情況を自分なりに理解して、よりよく生きようとするところも同じです。

ただ、大人がその情況に責任が持てず、自分の痛みにばかり捉われていると、子供は情況に責任を持たされることになります。引き受ける力もないのに責任を背負った子供は、アダルトチルドレンと言われ、あとあとその無理が祟って苦しむことになります。

子供も大人も、自分の情況を客観的に知る権利、周囲から押し付けられることなく自分の欲求や考えに従って生きる権利があります。一番難しく、一番大事な権利です。

二〇二二年五月二十七日

68　心は誰のもの

私たちの心は、いつも自分の味方とは限りません。心が傷ついた時、傷つけた相手を責めないで自分が悪かったと考えることがあります。例えば、人前でミスを指摘され叱責された時など。

この場合、相手が身近に指導してくれる上司で、自分にもともと自信が持てない時など、人前で叱責されたことも含め、自分を責めてさらに心を傷つけます。

この傷はそのままでは癒やされることなく、生きている実感が失われていきます。自分を肯定する気持ちが湧かず、達成感もなく幸せも感じられません。

この苦しさから逃げようと、高揚感を求めて何か（例えば仕事、ギャンブル、飲酒など）にのめりこんでも、繰り返すうちに依存状態になりがちです。こうなると、さらに自分を責めることになります。

自分を責める苦しさの中で、こんな状況は不当だと分かってほしいという気持ちも起こりますが、それを素直に出せず、弱い立場の人に対して強圧的な態度になったりします。心が自分を責めるばかりで守ってくれないのです。このままでは、朝、起き上がれなくなったり、吐き気がしたり、身体が思うように動かなくなることもあります。

心を自分の味方に取り戻すことが必要です。

一生懸命生きてきた自分を、責めてはいけないのです。 ミスは誰にでもあるものです。人前で指摘されるような重大事項でも、犯罪でもありません。ミスは謝り訂正する必要がありますが、人前で責められ恥をかかされることではありません。

こんな状況は不当だ、分かってほしいという気持ちが大切です。自分の気持ちを受け容れてくれる人（専門家など）を探して、ありのままの心を話してみましょう。まず、自責感から解放されることです。

二〇二二年六月二十七日

69　罪悪感はいらない

私たちは日頃、周囲の状況に応じて反応し、行動していると思いがちです。しかし、まず自分の心を周囲に投影し、それをまた受け取って反応するという、心の投影・取り入れをして生きているのです。物悲しい気分を投影すると、周囲にあまり色彩が感じられず、世界が沈んでいるように思えたり、逆にうれしい気分を投影すると、些細なことがらも良い兆しのように感じられたりします。

心に罪悪感を抱えていると、周囲は幸せな雰囲気でも、それが伝わらず、感情が湧いてきません。自分を責めたり否定したりして、世界から取り残されたような気分、強い孤独感に見舞われます。

特に、意識しないまま抱えてしまった罪悪感があると、自分の考えに自信が持てません。そのため、自分で考えて物事を進めるのは困難ですが、人のサポートは何とかできます。

しかし、サポートした人や周囲が、自分を認めてくれないと苦しくなります。罪悪感のため自信が持てず、人に保証してもらう必要があるのです。

このような罪悪感を抱えていると、自分の人生でありながら、自分を主人公にして生きることができないという事態になります。

この罪悪感は、どうして生まれてしまったのでしょう。

例えば、家庭や学校、職場など、自分が所属している集団の中に対立があり、自分の居場所がなかったり、攻撃されたりするとします。集団の中で力の弱い存在の場合、このような辛い状態に陥ったことに対し、自分の力のなさを責め罪悪感が生まれることがあります。

一度生まれた罪悪感はそのまま心に居続け、ことあるごとに出てきて自分を責めます。次第にやる気と自信を失わせ、生きている実感も乏しくなってきます。

この罪悪感は、いわれなく持たされた罪悪感で、実際は集団の問題だったのです。生きるのが苦しい時、このような、いわれのない罪悪感を抱え込んでいるかもしれません。

もちろん、自分の都合で他者を傷つけたと感じた時に覚える罪悪感は大切な罪悪感で、向き合って越えていくしかないものです。苦しくても、あくまで主人公は自分です。

これに対し、いわれのない罪悪感は、自分の人生を奪い取る罪悪感と言えます。この罪悪感は「いらない」のです。

二〇二二年七月十一日

70 主役は誰――過酷な超自我と私

前項は「罪悪感はいらない」がテーマでしたが、今回はその続きです。

自分を否定してくる罪悪感は、自分にとって全く有害なものですが、なぜそのような罪悪感が生まれるのでしょう？　それは、心の中に常に不安を煽り、自分を否定し続ける、もう一人の自分がいるからです。

このもう一人の自分を名づけて「超自我」と言います。

一般的に、超自我とは、自分の上から自分を見て、叱ったり、規範を示唆したり、励ましたりする存在で、いわば親のようなものです。この超自我のおかげで、私たちは自分を律して努力し、時に不安になっても安心感を持って生きていけるのです。

しかし、常に不安を煽り、否定する超自我では、どのように努力しても安心できません。このような超自我を「過酷な超自我」と言います。

この過酷な超自我のもとでは、私たちは奴隷のような存在となり、人生の主役になることができません。主役はこの過酷な超自我で、何とか肯定してもらおうと必死に従うのが私たちの自我という関係です。

しかし、この超自我は、努力しても全く認めてくれることはありません。その結果、いつまでも不安で自信が持てず、主役になることができないのです。

この過酷な超自我が心の中にできる場合、親的な存在が不在だったり、親も過酷な超自我に苦しめられ子供に愛情を持てなかったりと、なんらかの愛情不足が背景にあることが多いのです。愛情不足から生じる不安、生き辛さが過酷な超自我となって自分を追い詰めます。

過酷な超自我の支配から逃れ、自分が人生の主人公になるには、どうしたら良いのでしょう?

そのためには、過酷な超自我と自分との間に、もう一人の自分を作ることが必要です。「過酷な超自我から自分を守り、決して自分を否定せず、ちょっとしたことでも自分を認めてくれる自分」です。過酷な超自我に痛めつけられてきた自分ですから、おおいに認めて癒やしてやる必要があるのです。

自分に優しくするなんて、自分を堕落させるだけだと言われそうですね。でも、人には優しくしないといけないことは、誰しも認めていることです。自分も、その人の一人です。

自分を否定せず、優しく認めることでしか、生きていくための安心感は得られません。安心感が得られれば、過酷な超自我に支配されることなく、人生の主役になれるのです。

二〇二二年七月二十六日

71　生きることは遊ぶこと

子供が産まれてしばらくして始めること、それは遊びです。手足を動かし、身体全体で伸びをすることから遊びは始まります。

目が見えるようになると、吊るされた遊具を目で追って喜びます。歩けるようになれば、遊びは広がります。歩いたり走ったり、お気に入りのおもちゃを集めたり、ぬいぐるみを抱きしめて、どこにでも連れていったりします。

きょうだいや友達と遊ぶようになると、競争の面白さを知り、勝つための工夫や道具作りに熱中します。また、アニメや物語の世界に自分を投影して、引き込まれたりします。

子供の成長は遊びと共にあります。これは遊びを通じた、心の表現・成長とも言えます。遊びは生涯続きます。

吉本隆明は、社会とは私たちの共同幻想であると言いました。私たちは家庭から始まり社会へと続く共同幻想の世界を、遊びに自分を仮託して生きているのです。

勉強や仕事も遊びなのかと疑問に思われるでしょうが、勉強や仕事は共同幻想を維持する骨格の部分であり、集中力や忍耐力、想像力や創造性という総合的な力を要する遊びと言えます。

問題は、遊びを覚えられなかった場合です。

遊びは、この大地が安定して十分私たちを受け止めてくれる時に可能です。幼少時、家庭内が不安定で不安に満ちていた場合、周囲の気配ばかりうかがって十分に遊ぶことができません。その結果、自分を表現できず、押し込めてしまうのです。

遊びができないと、自分を表現する方法が分からず周囲に合わせる生き方になり、生きることへの不安感をいつも抱えるようになります。

遊びをこの手に取り戻すためには、不安な世界を一生懸命生きてきた自分を、まず認めてやることが必要です。ここからが出発です。見返りを求めず、一生懸命没頭する遊びの醍醐味を少しずつ味わっていきましょう。

生きることは遊ぶこと、自分を認めて肯定することができれば、けっこう日々は遊びに

満ちていることが分かります。

二〇二二年八月十一日

72　主役は一人

今年の大河ドラマ「鎌倉殿の13人」では、権力の中心の座を巡って次々と争い戦う、勝ち残りゲームのようなことが繰り返されます。例えば、平氏打倒で結びついていた源氏の集団も、目的を達成した途端、今度は源氏の中で新たな権力闘争が始まるのです。

世の無常を嘆きたくなりますが、これは、人間の集団にとっての主役は一人で良く、複数ではうまくいかないということの表れとも言えます。

ところで、他者を滅ぼしてでも主役になろうとするこの激しい情熱は、どこから湧いてくるのでしょう。

私は、生まれ落ちて母親や周囲から、一挙手一投足を見守られ愛された、まさに主役の中の主役の体験が根底にあると思います。これに続いて、弟や妹が生まれた途端、主役が交代したという無念の体験を持つ人も多いでしょう。

もしこの主役体験がなく、ただミルクを与えられるだけの乳幼児期なら、私たちは自分が何者か分からず、果てしのない宇宙を漂っているような不安を持つことでしょう。このように、最初の主役体験は生涯にわたって自分を支え、機会があると集団の中心になりたいという欲求にもつながります。

しかし、母親や父親など、保護者と言われる人がいても、主役になれない場合もあります。親の事情で育児ができなかったり、親が精神的に未熟な子供の状態で、自分たちが主役でいたい場合などです（親も、十分主役体験ができなかった可能性があります）。

子供は親の愛を得るにはどうしたら良いか考え、親を喜ばせたり、役に立とうとします。これはあくまで親の愛を得て主役になるためなのですが、親は一時的に喜んでも主役を譲らず、愛を得ることができません。

こうして主役体験ができないと、自分を肯定することができないため、周囲に合わせることが多く、自分が何をしたいか分からなくなります。いつも主役は他者で、自分ではないという、辛い人生です。

主役を自分に取り戻すためには、他者を滅ぼすのではなく、自分を受け容れてくれる場所や信頼できる他者を探し続けることです。ここから自分の人生が始まります。

二〇二二年八月二十六日

73　万能感の体験

「この世を生きるにあたって一番大切なものは？」と問われたら、どう答えますか。人それぞれの価値観があり、例えば家族や健康やお金など、いろいろな答えが出てきそうです。

私が考えるのは、自分に対する信頼感が何より大切ではないかということです。

自分に対する信頼感が乏しいと、何をやっても達成感が乏しく、喜びよりも不安が先立ちます。不安の解消を求めて、何かに依存したり、現実から逃げたくなったりすると、さらに困難が続きます。

では、自分への信頼感はどのようにしてできるのでしょう。

人は赤ん坊の時に、いつも注意を向けられ、泣けばおっぱいを飲ませてもらったりオムツを替えてもらったりして、自分の願望はほぼ自動的に叶うという万能感の体験をします。この万能感は物心がつくにつれ、今度は〝自分を守ってくれる親が万能である〟という考えに変化します。

これは、私たちを取り巻く大きな単位である国家についても言えます。今から約一四〇〇年前の飛鳥時代、日本が国家として成立した頃に作られた歌が『万葉集』に載っています。

「大君は神にしませば水鳥の多集《すだ》く水沼《みぬま》を皇都となしつ」（作者不明）

この歌の意味は、天皇は神でいらっしゃるから、水鳥が集まる湿地帯を都にお変えになった、というものです。現実的には設計・工事した人々の尽力で都ができていったのですが、神のような力を持った天皇が作ったと、天皇に万能感を投影しています。国家ができていく過程で、神のような万能の力を持った存在が、国民の凝集性を高めるために必要とされたのでしょう。

私たちも、内なる万能感を親などに投影させて「うちのお父さんは偉いんだぞ」とひけらかし、安心感・優越感を持ちます。やがて成長するにつれ、さまざまな現実と直面し、次第に幻想は壊れ、万能感も小さくなっていきます。

しかし一度作られた万能感はなくなることはありません。自分への信頼感の根っこには、この万能感の体験があるのです。

二〇二一年九月十日

74　不安と向き合う

私たちの心を苛む不安は数々ありますね。

自分自身や愛する家族の病気、大きな災害、将来を左右するような試験など、不安の種は尽きないものです。これらは私たちの外側からやってくるもので、防ぎようがありません。ありのまま受け止め、精いっぱい対処するしかないものです。

それとは別に、私たちの心にずっと存在している不安があります。

過去に体験した苦しい体験、癒やされることなく抱えてきた不安は、心の傷としてそのまま残っています。日頃は忘れていても、何かあると出てきて、自分や現実を悲観的に捉え、恐れから行動力も低下します。周囲からは、消極的な人、恐がりで頼りにならない人と思われがちです。本人も、その不安が過去の体験から来ていると思わず、自分を責めて、自信をなくします。

このように、**いつも何か不安で、自分を肯定できない人は、自分では気づいていない心の傷（トラウマ）を抱えている可能性があります。**

例えば、身近な家族から否定されたり、関心を持たれなかったりすると、心は傷つき不安になります。しかし、相手が身近な家族の場合（特に親など）、相手の問題とは考えず、自分がダメだからそうされるのだと考え、傷つきや不安に蓋をすることが多いのです。

そのため、傷つきや不安はそのまま残っていきます。この不安が何か問題があるたびに、問題にくっつくように出てきます。

例えば、大事な人がちょっと遠くに行くだけで、事故に遭って帰ってこないのではないかと不安になって落ち着かないとか。これは、相手を気遣ってとの不安というより、失ったり傷つくことの多かった自分が抱えてきた不安です。だから、相手が無事帰ってきても、今度は別のことが不安になります。

相手の問題ではなく、自分の抱えている不安の問題であると分かっていけば、不安と向き合っていくことができます。

なぜ自分はいつも自信がなくて不安なのか、なぜ人生が楽しくないのか、自分の謎を解き明かすために、この不安と向き合ってやることが必要なのです。

二〇二二年九月十六日

75　気分が作る考え

私たちは日々生きる中で、実に多くのことを考えています。朝起きて、その日の気候を実感し、どの服を着ようかと、早速考え始めます。日々の習慣になっている洗面・歯磨きなどは、あまり考えることなく行動しているかもしれません。

ところで、その日急に雨が降ったりすると、出かける予定がある場合、憂うつな気分になります。外出をやめ別の日にしようかと考えたり、やはり予定通り用事を済ませようと考え直したりします。この時出てきた憂うつな気分が、出かけるか否か迷う考えにつながっています。

このように、私たちの考えるおおもとには、気分が横たわっていることが多いものです。

例えば、将来病気になったり、仕事や家族を失ったりして人生がうまくいかないのではないかと悩んでいる人がいます。傍から見れば、現在そこそこ人並みの生活を送っているのにもかかわらず、悲観的な考えが次々出てくるのは不思議です。

実は、そういう人の心の中にいつも不安な気分があり、それが何事もうまくいかないのではないかという考えにつながっています。この不安感を消そうとして、一生懸命仕事をするなど努力したとします。努力し集中している時は良いのですが、終わると不安な気分が再び出てきます。

このように、不安な気分に支配され、逃げられない状態は苦しいものです。**不安な気分を消そうとするのではなく、不安を認めて向き合ってやらないと、いつまでも不安は消えません。**心から安心できる居場所がなくいつも不安だった自分、不安を押し殺してきたため、自分が本当は何がしたいのか分からなくなってますます不安になっている自分がいます。**目を外ばかりに向けないで、苦しんできた自分と向き合ってやりましょう。**

ただし、この方向転換は一人では難しいので、適切な人の助けが必要です。

不安をないものにしようとすればするほど、不安に追い立てられるという悪循環。ここからまず、抜け出したいものです。

二〇二二年十月十一日

76　日々新たに

私たちは、人間関係において、何となく相手のことが分かった気分で過ごしています。Aさんはこんな人、Bさんはこんな人と、分かっている範囲でのつき合いをしています。しかし、何かのきっかけで話してみると思いがけない面を持っていて見直したり、一緒に行動することで急に分かり合えたりすることがあります。分かっているのはほんの一部で、かなり誤解していることも多いものです。

これは親子関係でも同じです。親が子供にとって良いと思うものだけを与え、良い子であることを求め、それ以外は認めないと、子供は親の認める自分だけ出してそれ以外の欲求は抑えるようになります。

親は子供の一面だけ見て良い子だと思いますが、子供のことを本当には分かっていません。分かった気分になってはいますが、日々、表面的な部分でしか子供と向き合っていないのです。こうして親は良い子という規範を押し付け、子供のさまざまな個性には目が行かず、良い子かそうでないかという単純な見方をするようになります。

子供は親にとって良い子である自分しか認められないので、それが社会に出ても自分の規範になります。それ以外の自分がよく分からないのです。そこで、周囲にアンテナを張り巡らし、周囲の評価に合う良い子であるよう努めます。

このように自ら作った良い子の枠の中でしか生きられないと、思い通りにならない事態では、どのように対処してよいか分かりません。

私たちの日々は、同じことは起こらず、毎日が異なる出来事の積み重ねです。さまざまな出来事に毎日遭遇し、時に悩み、考え、行動していくうちにある程度自分なりに対処できるようになるのです。**良い子の看板で対処すると、結果にばかりとらわれ、事態に応じて対処することができません。**

親は子供に良い子の看板を押し付けるのをやめ、日々子供とつき合っていけば、毎日毎日新たな子供を発見することができます。子供も良い子の縛りをはずして、目の前のことに一生懸命取り組めば、自分が何をしたいのか分かってきます。

その時その場での関わりが大事なのです。日々新たな発見と成長です。

二〇二二年十月二十二日

77　融合の世界から

世の中には、自分で決めることを避けている人がいます。相手に合わせたり、周囲に合わせたりの繰り返しで、自分で決めてと言われると、途端に不安になります。

自分の意志を持たず、相手に受け容れられたいという気持ちを中心に動いているのです。受け容れられると安心しますが、相手に合わせてばかりでは、いずれ苦しくなります。苦しくなっても、自分以外のものに依存する状態を、やめることができません。

このような、相手あっての自分、周囲あっての自分とは、早期の母子関係まで遡る、母子一体の世界です。成長しても、強い不安があるとこの母子一体の世界に戻ってしまうことがあります。

母子一体の世界は、相手の欲求と自分の欲求が分けがたい世界です。自分の欲求と他者の欲求が融合した世界は、一見不安がなさそうですが、実は自分をなくす不安な世界です。

本当の意味で幸せな母子一体の世界を経験すると、成長して時期が来れば、自然と離れて、自分の欲求に従い自分の世界を作っていきます。しかし、母親や本人が大きな不安を抱えていると、この世界から離れられないことがあります。

一人の人間として生きるには、一時的な安心はあっても、本当は不安に満ちたこの世界から離れることが必要です。そのために必要なのは、答えを外に求めず、自分に問いかけること、今まで顧みなかった自分に向き合うこと、本当の意味での自分ファーストです。

二〇二二年十一月十日

78　コミュニケーションの破壊

最近のテレビ番組で、植物の世界の最新研究が紹介されていました。

何と、植物の世界でも言葉以外のコミュニケーションが発達しており、互いの身を守るために伝達物質を使ったりして、さまざまなコミュニケーションを常時おこなっているというのです。どんな生き物も、単独では生きていないのです。

当然、私たち人間も、このコミュニケーションなしでは生きていけません。

顕在化することが多くなった虐待の問題は、コミュニケーションを分断し、コミュニケーションへの恐怖を植え付けます。また逆に、全くの無関心、ネグレクトも、コミュニケーションがない世界でどう生きたらよいか分からない苦しみの中に留め置かれるのです。

虐待やネグレクトを生き延びた人々が悩まされるのが、強迫的な考え方や行動です。コミュニケーションの乏しい不安な世界を生き抜くために、強迫的に自分の考えや行動をコントロールして不安を抑えようとします。しかし、コントロールに囚われて、さらに不安になるのです。

苦しくてたまらない生き方です。つい何かに逃げたくなることも多いでしょう。**自分がすべてコントロールしなくていい、人に委ねていいと分かれば、そこでコミュニケーションが始まります。生きることはぐっと楽になります。**

植物もそうやってコミュニケーションをとり、生きていることを、テレビが教えてくれました。目が開かれた思いです。

二〇二二年十二月八日

79　アウフヘーベン

アウフヘーベンは、かなり以前に使われていた言葉ですが、数年前、小池百合子東京都知事が使ったことで、再び脚光を浴びました。

これはドイツのヘーゲルが唱えた哲学用語で、日本後に訳すと「止揚《しよう》」という分かりにくい言葉になります。平たく言えば、対立する要素をどちらも保ったまま統合し、より高度な次元に至るということでしょうか。

これでも難しそうなので、具体的な話に入ります。

私たちの人間観、人生観を作るのに大切なのが両親との関係です。母親と密着し守られる乳幼児期から成長すると、愛情と共に自立を促す父親との関係が加わります。

自分の願望に寄り添ってくれる関係と、自立を促す関係と。この相反する要素に戸惑いながら、時間をかけて、どちらも自分の中に取り入れていくのが成長です。愛着と自立という一見相反する要素を、アウフヘーベンしていくのです。このアウフヘーベンには当然不安が伴いますが、父母との関係が安定していることで、徐々に不安を乗り越えていけます。

問題なのは、父母の中に不安が存在している場合です。母親に不安があると、自分の思い通りにならない子供の反応に不安を覚えます。子供は、母親の不安に反応し自分の感情を抑え、いつも母親の顔色を見て、精神的に母親から離れることができません。父親に不安があると、子供に関心を持てなかったり、自分に逆らう存在に見えたりします。子供は突き放され、自立ではなく孤立してしまいます。

もちろん、父親や母親の役割は違う場合もありますし、父親もしくは母親だけの一人親家庭でも、子供に愛着も自立も与えられることが多いでしょう。

愛着と自立とをアウフヘーベンすることは、生きるための土台となります。それができない不安に満ちた環境では、自分よりも周囲の反応を重視して生きるようになり、いつも不安で、自分という実感が持てません。

この場合、自分を責めないで、満たされなかった愛着、自立できない環境という視点で、見直しましょう。**アウフヘーベンの課題までたどり着けなかったのは、自分のせいではないのです。どうやったらたどり着けるか、これからの人生の課題として考えていきましょう。**

二〇二二年十二月二十三日

80　差別と偏見

差別や偏見はあってはならないと、ほとんどの人が思っているでしょう。しかし、人の心から差別や偏見をなくすのはとても困難です。

なぜかと言えば、私たちは自分に対し多かれ少なかれ差別や偏見を持っているからです。周囲と比較して自分は劣っているのではないか、逆に偉いのではないかなど、他者と比較して自分を評価するのは自分に対する一面的な見方で、一種の差別や偏見と言えるでしょう。

では、**人と比較せず自分を評価することはできるのでしょうか。**

これは自分に対する信頼感があれば可能です。

その信頼感は、両親からの信頼感など、まず与えられたものから始まります。与えられたものを土台にして努力し、今度は自分で自分に対する信頼感を育てていきます。

挫折しても、また周囲の信頼で立ち直ったり、自分をもう一度信頼したりしてやり直します。これがうまくいかないと、自分はダメな人間だとして自分に対する偏見に陥り、意欲をなくすようになります。もともと信頼感を与えられていないと、自分に対する評価が一定せず、信頼感を育てるのがとても難しくなります。

自分に対する信頼感は、常に周りから与えられたり、自分の中で作り続けたりすることが必要なのです。信頼感が途切れた途端、私たちは自分に対し偏見や差別心を持ち、生きることが不安になったり、意欲を失ったりします。

社会で起きる差別や偏見も、互いの信頼感の欠如が大きな要因でしょう。

一生懸命に生きている自分が信頼される場が、どんな人にも必要です。そして、一生懸命に生きている自分を信頼することが必要です。

二〇二三年一月二十日

81 人生の目標

「人生の目標は？」と問われれば、三人三様の答えが返ってきそうですね。そこまで深く考えていない人も多いでしょう。

一般的には、自分に合ったなるべく収入の良い仕事をして、良い家庭を作る……などが多い回答かもしれません。

仕事、家庭などの要素を外して、その人個人に絞ると、人生の目標はどうなるでしょう。

私は、自分を認めること、自分を好きになることが人生の大きな目標だと思います。

それならもう達成しているという人も多いでしょう。しかし、人は年齢とともに課題も環境も変化し、身体も変化します。その変化を受け止めつつ、自分を認め、好きでいるのは、なかなか努力のいる大変なことです。

また、もともと自分を認めていない、自分を好きではない人もたくさんいるのが現実です。この人たちにとって、自分を認め好きになることは、人生で一番大事な目標と言えるでしょう。

なぜ自分を認められないのか、好きになれないのか。それは、自分の存在自体を認められ愛された経験が乏しいからだと言えます。

「親の言うことを聞くから」「成績が良いから」など、条件つきで愛されると、それ以外の自分が出せないため、いつも自分に対して不安感があり、自信が持てません。自分に自信が持てないと、自分を認め好きになることができないのです。周囲の評価が気になり、些細なことで落ち込み、さらに自信を失います。

このように、好きではない自分と生きていくのは辛く苦しいものです。また、自分を好きでないと、他者も本当には好きになれず孤独です。

自分を好きになる第一歩は、こういう苦しい思いを抱えて生きてきた自分を認めることです。実際、人にも言えず苦しい思いを抱えてきたのです。

その気持ちを分かち合える人（仲間でも専門家でも）を探しましょう。分かち合うことで、少しずつ、自分が認めてなかった部分を認めていきましょう。安心感が出てきて、世界が少しずつ広がります。希薄だった自分という存在が、確かに感じられるようになります。

自分を認め好きになるという、人生の目標に一歩近づいたのです。

二〇二三年二月十七日

82　心が弱る時

心が弱る時は、周りが絶対的で圧倒的に見え、自分は無力で何も良いところはないような気分になります。そこで、ますます自分を責め、心はさらに弱り、動けなくなります。石川啄木は「友がみなわれよりえらく見ゆる日よ　花を買い来て妻としたしむ」と詠みました。これは心が弱った時のとても良い対処法だと思います。自分のために花を買い、愛する妻と楽しむ時間は心を回復させてくれるでしょう。

普通は、心が弱るとそんな自分を責めて孤立しやすいものです。

ところで、なぜ心が弱ると周囲が絶対的に見えるのでしょう。それは、心の中の不安感が周囲に投影されるので、周囲が自分に比べて強く絶対的に見えるためです。そんな周囲に対して安心感は持てず、圧迫されるように感じ、怖さを覚えるようになります。不安感は周囲の多くの存在に次々と投影されますから、投影されたものに自分は包囲されてしまい、安心できる場所がなくなっていきます。こうなると、眠ることすら難しくなるかもしれません。

もともと、不安感を分かってもらえず一人で抱え込むことが多いと、周囲に安心よりも不安を覚えやすくなります。**自分の安心できる場所がどこにもないような感覚を抱いている人は、案外多いのかもしれません。**

人の心は、情況次第で弱っていき、自分の力だけではどうしようもないことが多いのです。このような時、不安を投影しても安心感で返してくれる場所が人には必要です。

安心できる場所がないと感じた場合、自分を責めないで、自分のために新しい場所を探してやりましょう。不安を投影するばかりですり減ってしまった自分が、とりあえず休め

る場所を。次に回復する場所を。

二〇二三年三月三日

83　善と悪

以前人気を集めていたテレビ時代劇には「水戸黄門」や「桃太郎侍」などがありましたね。黄門様や桃太郎侍などの超人的・絶対的な力を持っている「善」が、弱い者をいじめて利権をむさぼる「悪」を懲らしめるというストーリーが毎回繰り返されました。とても分かりやすく、見てスカッとする効果がありましたね。

私たちは、世の中はこんなに単純ではないと知りつつ、善が悪をやっつけてほしいという願望を持っています。

これは私たちの心の中とよく似ています。心の中にはたいがい、自分が認める良い自分と、認めたくない悪い（ダメな）自分が存在するものです。良い自分は、真面目で成績が良かったり、特技があったり、人に好かれたりする自分です。悪い（ダメな）自分は良い自分の奥にいて、実は自分に自信がなかったり怠惰だったりして、それが人にばれないようにびくびくしています。

良い自分が悪い（ダメな）自分を抑えて消してしまおうと、絶えず努力するのですが、いくら頑張ってもダメ悪な自分が消えません。

実は、心の中の善と悪は、正反対に見えて根は同じです。自分を否定する気持ちが強いと、それを何とか隠して良く見せようとする気持ちが強くなり、心の中が良い悪いで二分されてしまうのです。人の心には多かれ少なかれこのような分断がありますから、黄門様や桃太郎侍が悪者をやっつけてくれ分断が解消されるのを見ると、スカッと共感するのでしょう。

現実においてこの二つを統合するには、どうしたら良いでしょう。

それには、**自分を否定せず、良いも悪いもありのままの自分を認めることが必要です。**

特に、人に認められようとして努力しても、なかなか結果が出ず、つい自分を否定してし

まう自分に、大事に寄り添ってやりましょう。

子供時代、こうやって努力して親や周囲に認められたいと願っていた自分がいたのに分かってもらえず、孤独だったのではないでしょうか。人に認められたいという願望は、人とのつながりの第一歩で、大事にされるべき気持ちです。大事にされないと自分を否定し、ダメな自分、悪い自分という思いにつながってしまうのです。

二〇二三年三月十八日

84　もう一度「あの子を探して」

ずいぶん前のブログで、中国映画「あの子を探して」について書いたことがありました。「あの子を探して」は一九九九年の映画なので、もう四半世紀も前の映画になりました。

内容は、貧しい田舎で小学校の先生をしている十三歳の少女ミンジが、町に働きに出された悪童の教え子ホエクーを、大都会で探し出す物語です。ミンジは、生徒を減らさないように言われて、やむを得ず探しに行くのです。

教師の勉強をしたわけでもなく、ただお金のために働いている無表情なミンジが、ホエクーを探すため苦労した末テレビで呼びかける時、涙を流し激しく感情を表します。お金のために探したと思っていたけど、実はホエクーに対する強い思い・愛情があったのです。それは十三歳という子供なのに大人として働かないといけない自分に対する悲しみや、愛情でもあったと思います。この時のミンジに何とも心打たれます。

うつ状態になってカウンセリングに来られる方には、うつになった自分を弱いと言って責めることがよくあります。自分の努力が足りないばかりにこうなったと、苦しんでいる自分をさらに責めるのです。

よく聞くと、この考え方は子供時代から続いていることが多いのです。子供時代から常に自分にダメ出しをし、現状を肯定することができず、いつも不安を抱えて生きて来たのでしょう。安心して子供でいることができず、ミンジのように大人のような考え方・行動をせざるを得なかったと思われます。

外から価値観を押し付けられ、それに合わせるのに精いっぱいだったとか、親が病気だったり依存的だったりで、自分が親代わりをしたりとか、その人その人事情は変わりますが、安心して子供でいることが難しかったという事情は共通しています。

子供の持つ生き生きとした感情を抑えつけたまま生きてくると、自分というものがよく分からず自信が持てないため、「かくあらねばならない」という強迫的な観念を自分に課してしまいがちです。これでは達成感がなく、いつも不安です。

このような状態で、何か壁にぶつかると、それをきっかけにかろうじて保っていた均衡が破れ、うつ状態に陥ることがあります。

一度歩みを止め、苦しい状況から距離を取ることが必要です。そして、自分の奥に隠れてしまった子供、「ねばならない」思考に圧し潰され、苦しんでいる子供を探してやりましょう。ミンジがホエクーを探し出した過程のように。

隠れて見えなくなった子供が、大人になった自分に探し出してもらうのを待っているのです。

二〇二三年四月十五日

85　人生最大のプレゼント

人生において最大のプレゼントは何か？

人それぞれの見解があるでしょうが、私は、幼少時に無条件に与えられる安心感だと思います。**親や周囲が自分の存在を心から喜び、守り育ててくれるという安心感、これが自分を肯定し人生を作っていく原動力になります。**

この安心感は、「あって当たり前」の人が大半でしょうが、いろいろな事情で得られない人も多いのです。この安心感がないと、常に自分の存在が不安で、生きることが困難に感じられます。その結果、いつも安心感を得るための努力を自分に課したり、逆に何をしていいか分からないで、日々を虚しく消費するだけになったりします。

安心感を得るための努力は涙ぐましいものです。常に周囲に気を配り、周囲の役に立ち、受け容れてもらえる自分であろうとします。周囲の関心を引き安心感を得るためなので、結果は周囲次第。安心感を得ることはなかなかできず、不安や虚しさが残ります。たとえ周囲が安心感を与えようとしても、本人が自分を信じず不安が強いため、安心感を受け取れないこともあります。

このように**安心感という大事なプレゼントがなかった人生を、どう生きたら良いのでしょう。**

不安なのは自分のせいではなく、プレゼントがなかったからなのだと知りましょう。**プレゼントがなくて不安な人生を送ってきた自分を、よく頑張ったと認めて受け容れてやりましょう。不安や寂しさを受け容れてくれる相談者や仲間、場所を探しましょう。**自分のために一生懸命に。

二〇二三年四月二十八日

86 自分を超えて

気分の落ち込みは誰しも嫌なものです。それがずっと続くうつ状態になると、出口の見えないトンネルに入ったようで、この世で一人になったような苦しみが続きます。

それまでの心の枠組みが壊れたようで、すべてが不安です。何とかその枠組みを取り戻していこうとしますが、焦れば焦るほどうまくいきません。今までの心の枠組みではうまくいかなくなって壊れたので、それをもう一度組み立てようとしても、また壊れるのです。

そこで、今までの枠組みを点検してどこに無理があったか解明し、新たな枠組みを作っていくことが必要となります。

壊れた枠組みで一番多いのは、自分の感情を抑え込み、周囲に合わせようとする枠組みです。この枠組みでは、自分の考えや感情がのびのびと発揮できないため、いつも緊張し、憂うつな気分になります。自分に自信が持てず、いくら努力しても満足することができません。

枠組みが壊れたのは辛いことですが、無理を重ねてきたので、壊れるべくして壊れたとも言えます。新しく作るなら、今度は自分の考えや感情がのびのびと発揮できる、安心感のある枠組みにしたいものです。

でも、組み立てる素材が今までと同じで、同じように組み立てたのでは、同じようなものしかできないですね。今度は自分を抑え込んだり否定することなく、自分を認めて肯定してやることから始めましょう。

そもそも、うつから回復するためには、今までの自分を超えることが必要です。超えるとは優れた能力を身に着けることではなく、より自分を認めて大切にできる考え方に移っていけることです。

うつになって苦しんだけど、それは今までの自分を超えるための苦しみだったと言えるといいですね。

二〇二三年五月二十六日

87　自分をプロデュース

自分の一生がどう展開するかは、最後まで分かりません。その中で、最後まで自分をプロデュースし続けるのが、私たちの人生です。

自分をプロデュースするなら、自分をよく知らないとうまくできないでしょう。私たちは、ある日この世に一人で産み落とされます。その日から自分の謎を解いて、自分を知っていかないといけないのです。

自分を知る手がかりは、まず、自分に向かって投げられる、親や他の人々の視線や言葉や行動です。一般的には「自分は大事な存在のようだ」と感じることが多いでしょうが、中には「自分の存在は疎まれているようだ」と感じるような不幸な例もあります。最初にここで安心感を得るか、不安感を得るかは、その後の人生を大きく左右します。

次に自分を知る大きな手がかりは、同胞など自分と比較するような存在と自分を比べることです。そこで、自分の特徴や得意なこと、願望や意欲などがだんだん分かってきます。比較しながら分かるということは、羨望、嫉妬、喜び、愛着、寂しさなどの感情が伴うことになるので、このような感情の存在も分かってきます。感情のおかげで生き生きする一方、感情をコントロールするのは、なかなか困難なことでもあります。

自分を分かっていく上でさらに大事なことは、自分が考え、感じたことを人と分かち合うことです。身近な親や家族などと、自然と分かち合えることが多いものですが、分かち合いができなかったり、価値観を一方的に押し付けられたりすると、自分を分からないまま周囲の価値観に合わせた自分を作ろうとします。

周囲の価値観に合わせることで、周囲と分かち合えることを望んでいるわけですが、相手に合わせた表面的な分かち合いしか起きないので、奥にいる自分はいつまでも孤独です。自分を知るため、本を読んで自分の心の構造を知っていくことは可能です。しかし、それを自分のものにするには、やはり分かち合いが必要なのです。

共感的で暖かい分かち合いがあれば、人は自分を理解し、認めることが可能です。自分を理解して認めていれば、自分を適切にプロデュースしていけます。プロデュースの結果

がどうであっても、自分を責めないで冷静に評価して、また前に進んでいけるでしょう。

二〇二三年六月十日

88　物語を生きる

私たち人間は、生きていくために物語を必要としています。

幼い頃から、両親や祖父母たちが語ってくれるお話、絵本やアニメ、小説、ドラマなど、日々物語に囲まれて成長します。物語に自分を重ね合わせ、一喜一憂します。そして、強く意識しないまま自分自身の物語を作りつつ生きているのです。主に家庭という舞台、家族という出演者で構成される物語です。

両親がとても教育熱心で、習い事が多くて遊ぶ暇がないという境遇の子供がいます。習い事を減らしたいが、親が熱心に付き添ってくれるので、なかなか本音が言えないで悩みます。ここまでは、自分が主人公の物語です。

親が抱く価値観＝「習い事をたくさんしたほうが将来のためになる」を信じて頑張っていくか、友達と遊んだり自分の好きなことをしたりする時間が欲しいという欲求に従い、親に訴えるという二つの展開が考えられます。

親の価値観に合わせて自分の欲求を抑える場合、主人公はどちらかと言えば親であり、子供の将来のためを信じて励む親と、自分を抑えて従う子供という物語になります。

自分の欲求に従う場合には親とどう交渉するか悩み、習い事を減らしたりやめたりした後の自分の行動にも責任を持たないといけません。しかし、それこそが「自分が主人公の物語」です。

親が強い不安を抱えていて、子供が自分の思い通りにならないと不安になったり怒ったりするという家庭もあります。この場合、子供は親の顔色をうかがい、何とか親に合わせようとします。これは完全に親が主人公で、子供は自分の感情を抑えて主人公に仕えている状態です。

親が主人公の状態が続くと、社会でも周囲を主人公にして、周囲に嫌われないよう合わせる生き方になりがちです。自分の感情はいつも抑えられるので、生きている実感が乏しく、虚しさや空虚感に悩まされるようになります。物語は発展せず、いつも同じ繰り返しです。

このように**大なり小なり生き辛さを感じる場合、人生の物語において自分が主人公になっていないことが多い**ものです。

自信がなく虚しさばかり感じる時は、自分を鼓舞するのではなく、抑えつけてばかりだった自分の方を向いて、「大変だったね」と声をかけてやることが必要です。人と比較せずに自分を認め、自分に寄り添ってやれば、そこから自分が主人公になり、物語が動き始めます。

二〇二三年六月二十五日

89　真実を知る

私たちは滅多に裁判の当事者になることはありませんが、ニュースやドラマで裁判のシーンはよく見ます。

民事裁判では原告が被告を訴えます。両者の言い分を聞いて裁判官が判決を下しますが、原告と被告の言い分は、真っ向から対立することが多いものです。それぞれが自分のほうが真実だと、懸命に陳述します。

このように真実は、人によって、立場によって異なることが多いものです。

私たちの家庭についても、真実はメンバー各自によって異なることがあります。

親は懸命に働き立派な家庭を作ったと考える一方で、子供からすると、親は仕事優先で自分たちを省みない寂しい家庭だったと考える場合があります。親は経済や外見を重視した捉え方、子供は親との関わりや内面を重視した捉え方です。

しかし子供が自分たちの想いをそのまま伝えることは、あまりありません。親は自分たちのために一生懸命働いてくれたのでやむを得なかったと考え、寂しかった気持ちを抑えることが多いものです。子供には「親は自分のことを考えてくれるはずだ」という期待感情があります。**親に対する信頼を前提に、子供は生きているのです。**

そこで子供は親に合わせ、多少の寂しさは我慢すべきとか、親に頼らず何でもすべきとか、自分に対して厳しい考えを持つことで親の不在の穴埋めをする場合があります。このように自分に対して「かくあるべき」と厳しい見方をしていると、いつも自信がないが、人に頼ることもできないという苦しい生き方になりがちです。

本当は寂しかったんだと自分の気持ちを認めてやることが、真実を知る第一歩になります。親の本当の関心事は自分たちより仕事や経済だったと知ることは辛く寂しいことですが、「かくあるべき」という苦しい生き方から解放され、自分らしい生き方を模索するチャンスになります。

二〇二三年七月八日

90　空《くう》と空虚感

人は、自分の真の姿を見ることができません。鏡に映して自分の姿を捉えることはできますが、反転した姿なので、他者が見ている自分とは異なります。

同じように、「自分が自分を分かること」はなかなか難しいものです。世間の基準や親の評価から考えたり、人と比較したりして自分を分かろうとしますが、基準が外側にあるのでいつも承認を必要とします。しかし、誰かに受け容れてもらう、つまり分かってもらっていると、その安心感から自分をのびのび表現できるため、少しずつ「自分を分かっていくこと」ができます。「自分を分かる」とは、自分を表現して受け容れるという、日々の繰り返しの積み重ねの結果なのです。

自分を分かってもらえない環境では、強い他者に合わせるか、自分の欲望に従って生きるか、どちらにせよ利那的な繰り返しで、自分に返ってくるものがないため、いつも空虚感が残ります。空虚感とは、周囲と何のつながりもないような感覚で、とても苦しいものです。

何とか空虚感から逃れようと、それを埋める刺激を求めることもあります。酒、薬物、ギャンブル、恋愛など。しかし、一時的な高揚に終わるので、その刺激を繰り返し求めるようになります。空虚感はいつまでも解消されることはないのです。

自分を受け容れてくれる環境では、安心感と適度な距離があって、自分らしい表現ができます。相手とピッタリ重なるのではなく、一部は重なり、残りは重ならない、いわば安定感の部分と空《くう》の部分があります。

空の部分は空虚感ではなく、自分が考え表現し行動していく部分です。空は自由な表現ができる場です。一方、空虚感は自由な表現が閉ざされた場とも言えます。空虚感に悩み、刹那的な刺激を求めている時は、自由な表現ができる場に恵まれていないとも言えます。

自分を表現できる、適度に空のある場を探し続ける、これは一生続く人生の課題と言えるかもしれません。

二〇二三年七月二十四日

91　エデンの東

「エデンの東」は一九五五年のアメリカ映画ですから、今から六十八年も前の映画です。旧約聖書のカインとアベルの兄弟の物語（兄カインが嫉妬から弟アベルを殺し、楽園のエデンを出て東の地に去る）を下敷きに書かれた、J・スタインベックの小説を映画化したもので、監督はエリア・カザンです。

主演のキャル（聖書ではカイン）役のジェームス・ディーンを、一躍有名にした映画でもあります。

舞台は、第一次世界大戦時のアメリカです。父親から愛されない、寂しく粗暴なキャルと、優等生で父親から愛されるアロン（聖書ではアベル）の双子の兄弟がいます。父親は敬虔なクリスチャンで、善と悪を厳しく分けます。アロンは善、キャルは悪です。

キャルは死んだと聞かされていた母親を探し出し、貨車の天蓋に飛び乗って会いに行きます。その女性は怪しげな酒場を経営しており、母親であることを否定し、キャルを追い返します。その頃、事業で大損をした父親を助けようと、キャルは母親（その後母親であることを認めた）から金を借りて成功しますが、父親に戦争で儲けたと非難され、金を受け取ってもらえません。失意のキャルはアロンと大喧嘩し、彼を母親の所に連れていきます。母親の姿にショックを受けたアロンは戦争に志願して出兵し、止めようとした父親は脳卒中で倒れます。最後は、アロンの元恋人でキャルの恋人になったアブラの仲介で、父親はキャルを認めます。聖書とは違った展開です。

そもそも、父親の善か悪かの二分法が、家族を引き裂いていきました。母親はそんな価値観を押し付ける夫から逃れようと、家を出たのです。

キャルは、愛されない自分に苦しみ、母親を探します。そして、母親の力を借りて、父親に愛される努力をします。それでも、父親の善か悪かの二分法的見方は変わりません。父親は、目の前の、親の愛を一生懸命願うキャルを見るのではなく、自分の価値観を投影したキャルを見るのです。

家族の中心メンバーがこのような偏狭な価値観を持っていると、価値観が合わない家族は居場所がないため、自分を抑えて合わせようとします。それができないと、自分や家庭を壊そうとしたり、別の居場所を探すようになります。父親もまた愛に恵まれず、そんな価値観しか持てなかったのかもしれません。恋人のアブラは、このような家族の治療者の役割をしたのでしょう。

承認欲求や寂しさを抱えながら、懸命に生きるキャルの姿は、私たちと重なります。ジェームス・ディーンの好演もあいまって、年月は経ても、私たちを惹きつけ考えさせられる映画です。

二〇二三年八月六日

92　親になれない親

最近『親といるとなぜか苦しい』（リンジー・C・ギブソン著）という本を読みました。

大人になれない親を持った子供たちが味わう苦しみと、そこから自由になるにはどうしたら良いかが書かれた本です。

私もこの本に触発され、次のようなことを連想しました。

親は親の役割、子供は子供の役割を果たすことで家族という集団が形成されます。親があって子供が産まれますから、まず親が親の役割をすることから始まります。

そこで、親が親の役割ができないと、子供は強い不安や見捨てられ感情などを抱き、健全な成長が妨げられます。親の役割とは、子供を見守り、表現を尊重し、学業や運動をサポートし、問題があれば相談に乗りと、子供の後方支援に努めることです。

親の役割ができない親は、自分がまだ子供で、後方支援ではなく自分が中心になりたがるというケースがあります。そこで、子供がそのサポートに回らざるを得ないことが多々あるのです。

ところで、なぜ「大人になれない」大人ができてしまうのでしょう。

子供の頃、自分にまつわる強い不安にさらされ、自分では解消できず周囲にも分かってもらえないでいた場合、その不安にずっと支配されている可能性があります。不安の解消をいつも求めていて、それが中心の生活となっているのです。

不安に向き合わない限りは本当の解決にはならないのですが、それができないまま、一時的な慰めを求めることが繰り返されます。これが続いていくと、子供も不安解消の手段となります。中心となるのは、いつも子供でなく親なのです。

親に自分を分かってもらえなかった子供は、今度はその不安から、自らが親になっても十分な親の役割ができないでしょう。このようにして、負の連鎖が続いていきます。

このような親から自由になるにはどうしたら良いかは、先の著書を読まれることをお勧めします。

ともすれば親子関係は、世間一般の既成概念で捉えられがちです。親は愛情深く正しい存在で、子供はそんな親に従って成長するものだと。

そんな世間の常識から外れた親を持った子供は、常識に合わない自分が悪いのではとか、もっと努力すれば分かってもらえるのではと考えます。

「実は親が親になれず子供の状態のこともある」ということが、常識となることが必要です。そして、苦しむ子供が相談しサポートしてもらえる場所を作っていくことが、これか

らの課題だと思われます。

リンジー・C・ギブソン（著）岡田尊司（監修）岩田佳代子（翻訳）『親といるとなぜか苦しい「親という呪い」から自由になる方法』東洋経済新報社　二〇二三年

二〇二三年九月三日

93　分かち合い

私たちは、生まれた瞬間から、泣くという自己表現を始めます。そうすると、「元気な子だね。よしよし」と笑顔が返ってきます。自分の気持ち、表現が、相手と分かち合われたのです。

これから先も、笑ったり、泣いたり、怒ったり、悲しんだりと感情表現をするたびに、周囲は懸命に分かち合いをしてくれます。こうして分かち合われた感情は、自分のものとして、受け容れられるようになります。そして、折にふれ、自分の感情を抑えることなく適切に表現し、伝えることができるようになるのです。

言葉だけでなく、文章にしたり、絵を描いたり、歌を歌ったりと、自分を伝える表現は多種多様です。感情を表現し分かち合うことは、生きる喜びも苦しみも分かち合うことですから、生きていくための大きな力になります。

分かち合いの乏しい生い立ちでは、自分の感情、特にネガティブな感情を受け容れるのが難しくなります。怒りや悲しみなど、分かち合われることの少なかった感情は、抑え込まれ、憂うつな感情に変わります。そこで、ネガティブな感情を避けるため、他者とぶつかることを避け、周囲に合わせていくことが多くなります。分かち合われていない感情は、こうしてどんどん溜まっていくのです。

人は感情の分かち合いで一体感や高揚感を味わい、母親の胎内に戻ったような安心感を覚えます。お祭りやコンサート、スポーツなどで盛り上がる時も、このような一体感に包まれます。ただし、スポーツなどルールがあるもの以外で、他者を排撃するような感情の分かち合いは、分断と攻撃をもたらす危険性があります。どのような感情なのかは、注意が必要です。

このような注意を払いつつ、小さな感情も、大きな感情も、その都度誰かと分かち合うことが、本当は望ましいのです。

今まで分かち合えなかった感情、特にネガティブな感情がたくさん心に残っていると、徐々にうつ状態になっていきます。こうなると、感情を出すことや分かち合うことが、怖く感じているかもしれません。

分かち合うことができたら、荷物が一つずつ減ります。

周囲に合わせるのではなく、自分が発信して分かち合う、つまり赤ん坊が発信して周囲が分かち合ってくれたのと、同じようにやっていくのです。分かち合うことができると、感情が少しずつ自分のものになってくるでしょう。

二〇二三年九月十七日

94　遊べなかった子供時代

人は生まれてから、周囲から二十四時間世話をされる乳児期、歩き始め言葉をしゃべり、遊んで一日の大半を過ごす幼児期、そして幼稚園、小学校で集団に入り規律と課題のある生活を送り、中学、高校で思春期を迎えて、成長していきます。

この過程で大切なことは、いかに遊ぶかです。「遊んでばかりいないで、勉強しなさい」とはよく聞く親のセリフですが、それくらい子供は遊んでばかりです。次々に思い浮かぶ遊びは、尽きることがありません。

時間を気にせず、ただ思いつくままに動いて、全身全霊で遊びます。思い通りになる身体、ならない身体、思い通りになる玩具、ならない玩具、思い通りになる相手、ならない相手と、自分も含めてさまざまな対象との関わりを体験し、楽しんだり、喜んだり、失望したり、驚いたりとあらゆる感情を体験します。このような遊びを通して、人は成長するのです。

もし、この遊びを体験できなかったらどうでしょう？

家庭の事情によっては、幼い頃から大人の役割をせざるを得ない子供もいます。親が病気や不在、ネグレクトなど、さまざまな事情が存在しています。遊びもそこそこに、大人のような我慢や配慮をしたり、同胞や周囲に対して大人のような役割をする子供は結構多いのです。このような子供は、周囲から賞賛されることもあります。

しかし、この子供たちが大人になった時、空虚感や生き辛い感覚に苦しむことがあります。遊べなかったこと、子供でいられなかったことで、失ったものがあるのです。

遊びを通して、安心して世界を体験し、周囲と関わる感覚を覚え、世界は白か黒かの二色ではなく、その間の色のほうが多いことを体験します。遊びには勉強した知識では得られない、この世を生きる感覚が詰まっています。そこで私たちは、欲求のままに集中することの醍醐味と、ほどほどにやり過ごす寛容さを身に着けるのです。

この貴重な体験ができないまま成長すると、世間的な規範以外に、自分を動かす基準が見つからなくなります。自分の空虚さに悩み、生き辛くなってきます。

遊びは誰でも無意識にするものなので、評価される対象ではありません。けれども、**大人になり社会で生きていくための、大切な芽を育てるのが遊びなのです。**

遊べなかった不幸を抱えていたら、子供時代の自分をやさしく認めて励ましてやりましょう。周囲のことに追われて、遊ぶことができないまま、自分の欲求を見失ってしまったのです。見失った欲求を探すために、まず今やりたいことを見つけることから始めましょう。

二〇二三年十月二日

95　転移する感情

ある人に対して、自分でもよく分からない感情が湧く。突然の強烈な感情で、これを何とか解消しようと相手に働きかけても、相手は戸惑い、逃げていくことも多い。このような感情は、「転移感情」の可能性があります。

幼少期に体験した強い不安や恐怖、怒り、叶えられなかった愛着など、その時出せなくて抑えていた感情が、似たような雰囲気の人に遭って出てくるのです。例えば父親のような雰囲気、母親のような雰囲気などが、まず思い浮かびます。自分でも意識せず出てくるので、てっきり目の前の相手との問題と思ってしまいます。いきなり湧いてくる強い感情に本人は翻弄され、相手を求めたり恨んだりして苦しみ、相手にも迷惑がられます。

実は過去に体験した不安や苦痛、寂しさなどが解消できないまま、とりあえず蓋をして生きてきたことが原因なのです。その蓋が、いきなり開いてしまったのですから大変です。蓋をして抑えていただけで、自分ではコントロールできなかった感情なのですから。

この強烈な感情と向き合わない限り、いつまでも同じことが繰り返されます。いわば、その感情を抱えた子供が私たちの中にいて、機会を見つけては泣き叫んでいるような状態です。

泣き叫ぶ子供には、向き合って安心させてやることがまず必要です。一緒に向き合ってくれる専門家や仲間を探し、何度も何度も繰り返し安心させてやりましょう。抑えていた感情が落ち着いてくると、転移感情に苦しむことが減り、現実感が出てきます。

転移は苦しい現象ですが、生き辛かった自分と向き合うための、絶好の機会がやってきたとも言えます。

二〇二三年十月二十二日

96　一本の道

後悔だらけの人生。あのようにしたのが間違いだった、こうすれば良かったと、悶々として生きるのは辛いものです。

後悔ばかりだと、自分に自信が持てず、やる気が出ず、何でも叶う夢の世界に逃げたくなります。気分はうつうつ。

このような時、人生を振り返っても、後悔しているところばかりが見えて、つながりのある人生には見えません。

現代の社会では、どのような場面でも、評価がつきものです。社会の評価をそのまま自分に当てはめていると、少しでも評価が落ちると不安になります。

この社会で生きていくには、社会の評価とは別に、自分に添った評価を持つことが必要です。自分に添ってありのままに認めてくれる家族や周囲の評価は、自分を支えてくれるでしょう。そのように、自分の中にも、ありのままの自分を認めて評価する気持ちを育むことが必要です。

後悔だらけの人生は、自分に添った評価が乏しいのかもしれません。ありのままの自分を認めて評価できるのは、人生の大きな課題です。

それまで、親や周囲にありのままの自分を認めてもらえなかった場合、自分で自分を認めるのは難しいものです。周囲と比較して自分を見るため、自分の評価が定まらず、ややもすれば劣っている部分にだけ目が行きます。評価が定まらないと、自分の行動に自信が持てず、後悔することが多くなります。後悔ばかりして、うつうつしている自分がそこにいるのです。

そんな自分を、ありのまま話せる場所で、ありのまま話してみることから始めましょう。自分を認めないネガティブな気分が、ありのままを話して受け容れられるにつれ、落ち着いてきます。

周囲と自分を比較ばかりしていたのをやめ、自分の気持ちに耳を傾けてみましょう。自分を認めることができると、気分は徐々にポジティブになります。

過去は後悔の対象ではなく、人生の一過程として見えてきます。今までの人生が、一本の道としてつながってきたのです。

二〇二三年十一月二十日

97　のみ込まれること

心が不具合を起こす時、何かにのみ込まれて、自分を見失っていることが多いものです。

残業に次ぐ残業で、全く自分の時間がなくなった時、もはやいくら働いても終わらない仕事にのみ込まれ、そこから出ることができなくなったと感じられます。この状態になると、強い無力感や自己否定感に襲われます。ここで、うつ病を発症する人も多いでしょう。

このように、自分の力を越えたものにのみ込まれるのは怖いものです。

一見普通に見える二人の関係でも、一方の支配欲求が強く相手の自由を許さないことがあります。相手と自分の間の境界を無視して、相手をのみ込もうとしているのです。

こうなるともう一方は、のみ込まれて自由のない生活をするか、逃げ出すかしかありません。しばらくは自由のない生活に我慢していても、結局逃げ出すことがほとんどでしょう。のみ込まれた状態では、自分を抑えつけるしかないので、うまく逃げて離れるのが正解です。

常に周囲の目を気にして生きるのも、周囲に自らのみ込まれていることになり、不自由な生き方です。

このように、**のみ込んだり、のみ込まれたりが起こる時、その裏に解決していない問題や不安があります。**

個人にしわ寄せする過大な残業の問題は、業務量と人員数が見合っていないということでしょう。他者を思い通りコントロールしてのみ込もうとする人は、自分に対する不安や満たされない承認欲求を抱えていることがあります。のみ込まれる側も、相手が自分の不安を解消してくれるという期待を抱えていることがあります。

のみ込まれそうになったら、どうするか？

とにかく極力距離を取ることが必要です。そして自分の苦しみに耳を傾け、話せる場所を探しましょう。

二〇二三年十二月四日

98　言えなかった言葉

私たちの心の中には、多かれ少なかれ後悔している出来事が存在します。それは、「あの時、ああ言えば良かった」、逆に「言わなければ良かった」と、その時の言葉にまつわる後悔が多いものです。親しい家族との場面、友人や恋人との場面、上司との場面など、一回限りの劇のシーンのような記憶です。

特に意識せず、ただ何となく言う時もあれば、言葉を慎重に選んで言う時もあるでしょう。

どうやったら相手に受け容れられるか、そればかり考えて自分の気持ちを抑えると、うまくいけばいいのですが、たいてい後悔が残ります。そこで、気持ちを言えなかった自分を責めたり、「なぜ分かってくれないのか」と相手を恨んだりと、悶々とします。しかし時間を巻き戻すことはできず、この気持ちを心の中に抱えていくことになるのです。

いつも自分の気持ちを抑えて相手を優先させる癖がついている人は、自動的に自分を抑えます。自分の気持ちを分かってもらえない環境にいるとこうなりやすく、自分の気持ちを抑えて相手が喜ぶことが自分の喜びとなるのです。

喜ぶかどうかは相手次第なので、自分の本当の喜びや安心感にはなりません。一時的にはうれしい感情が湧きますが、どこか虚しく、時には後悔や恨み、自責感が残ります。

このような自分に悩むうちに、言えなかった言葉を強く意識するようになることがあります。（時間を戻してもう一度その場面になれば、こう言いたい）と思うようになるのです。言えなかった言葉は、いつまでも心の中で出番を待っているのです。

言えなかった言葉を、時間を戻して言うことはできませんが、これから先「言えなかった言葉」がないように、変えていくことはできます。

それには、すぐに相手や周囲に合わせず、自分の方を向いて、自分と向き合ってから言うことです。今まで抑えるばかりで、本当につき合ってなかった自分とつき合うのです。つき合い方は、他の人との関係と同じで、まず自分を認めて、精いっぱい生きている自分をほめることが大事です。

自分を認める気持ちが高まれば、言葉はついてきます。

「『言えなかった言葉』よ、これからはさようなら」です。

二〇二四年一月三日

99　源氏物語

今年の大河ドラマは、平安時代の小説『源氏物語』の作者、紫式部が主人公です。偉大な長編小説を書いたにもかかわらず、資料の乏しいこの女性をドラマでどう描くか、興味が持たれます。

ところで、この『源氏物語』という小説は、何をテーマにしているのでしょうか？

江戸時代の国学者・本居宣長は、「もののあわれ」という言葉を用いて、常ならない人の世や自然へのしみじみとした心が、この小説の底に流れていると考えました。「もののあわれ」とは何とも奥深い表現ですが、私は主人公の生き方から具体的に考えてみました。

ストーリーはご存じの方も多いでしょう。

主人公の光源氏は、天皇の皇子で、おまけに美貌と才能すべてを兼ね備えています。しかし、母親の桐壺更衣は、源氏を出産後亡くなってしまい、源氏は母親の愛を知らずに育ちます。どこか孤独感を抱えた源氏は、多くの女性たちと交際します。そして、桐壺そっくりと言われる義母の藤壺と密会して子供が産まれ、強い罪悪感を抱きますが、藤壺への思慕は消えません。

この後も、藤壺にそっくりな少女を引き取って、成長後に妻（紫の上）としますが、他の女性たちとの交際は止むことがありません。社会的には、多少の挫折はありながら、源氏は栄華を極めます。しかし、紫の上は源氏の女性関係に苦しみ、出家の希望も叶わぬまま病気になって亡くなります。また、源氏の若い妻・女三宮は、他の男に言い寄られ子供を産みます。

一見華やかな絵巻物のように見えて、実に複雑なドラマです。このドラマの底流には、常に源氏の抱える喪失感（母親）が流れているように思えます。

この喪失感を他の女性で埋めようと接近し、強い期待感や高揚感が生まれます。そこで、喪失が埋まったような錯覚が起きるのです。しかし、交際が始まると現実に戻り、期待感や高揚感は消えていき、喪失感がよみがえります。

このように、内面の喪失は、外から埋めることはできません。源氏の心の中にいる、母親を求めて泣く子供と辛抱強く向き合ってやらないといけないのです。

また、義母と通じた源氏の罪は、当事者たちが抱え込んだまま、うやむやにされました。解決していないこの問題が、源氏の若い妻と他の男との間でも繰り返されます。喪失を抱えたまま、喪失を繰り返し、さらに解決していない問題が繰り返されていくドラマです。「もののあわれ」と言うべきでしょうか。

源氏物語は、このように人間の真実を深く捉えて表現しているからこそ、時代が変わっても色あせず、私たちを引きつけるのかもしれません。

二〇二四年一月十七日

100　身体からの声

今日は、私がアルコール依存症の治療に携わっていた頃の体験から、お話ししてみたいと思います。

アルコール依存症の人というと、世間的には酒の欲求に弱いダメな人というイメージが強いのですが、実際は普通の真面目な方がほとんどです。ただその真面目さゆえ、自分で酒の問題を何とかしなければと思い込み、気づいた時には病気が進行していることが多いのです。

依存症が進んで日常生活にも支障をきたすと、周囲にも強く勧められ入院となります。アルコールが抜ける間は離脱症状に苦しみますが、抜けると徐々に元気が回復します。そこで治療プログラムが始まります。

主軸となるのは三つのプログラムです。アルコール依存症とはどんな病気かを学習するプログラム（学習会）、今までの酒に対する考え方や行動を振り返って変えていくプログラム（認知行動療法）、仲間と共に自分のことを率直に語り合うプログラム（ミーティング）の三つです。このような治療の合間に、山登りやウォーキング、畑作業、陶芸や絵画、音楽などのプログラムが加わります。なかなか濃密な日々です。

この治療プログラムは三か月で終了し、無事やり遂げた方には終了面接をおこないます。

ここで自分にとって役立ったプログラムはどんなものだったかを聞くと、主軸の三つのプログラムと同じくらい、山登りやウォーキング、畑作業など、外で体を動かすプログラムが多いのです。自然の中で体を動かす活動は、身体を実感し回復する喜びがリアルに感じられるのでしょう。考えれば、まず身体があって私たちは存在するのです。身体が回復する実感こそが、生きる喜びにつながり、断酒の意欲につながります。

依存症になる場合、自分を受け止めてくれる環境がなかったり、大事なものを失ったりと、何かきっかけがあることが多いものです。アルコール依存症になると、身体の声を無視して酒を飲み続けます。**酒をやめて、そのような自分に向き合ううちに、身体の声が聞こえてくるようになるのです。**

治療プログラムは三か月で終わります。終わった後も、自分や仲間と向き合い、身体の声を聞ける環境（外来治療やデイケア、自助グループなど）に身を置いていくことが大事です。

二〇二四年二月十二日

101　心のヨロイ

堅苦しくて融通が利かない人、なかなか話が通じにくい人に、たまに出会いますね。まるで「ヨロイを着ているような」印象です。

ヨロイは、武士が戦場で自分を守るため身に着けるものです。武器を通さないよう、金属など硬くて重い素材で作られているので、普段は着ることがありません。たとえ心の問題にせよ、この重くて厄介なヨロイを普段から着ているとしたら大変です。

もちろん、生まれた時からヨロイを着ていたわけではありません。ヨロイを着るには、それなりの自分を守る切実な事情があったのでしょう。一方的に相手の都合を押し付けられたり、暴言、暴力、無視など、傷つけられることが続くと、自分を守るためにヨロイを着るしかなくなります。ヨロイを着て自分の感情を抑え込み、情況に適応しようとするのです。

こうしてヨロイを着ていることが当たり前になると、それが自分の個性のようになります。周りから見ると、いつも正論を言うが押し付けがましい人、あまり感情を出さないが、突然怒《いか》りを出す人、他者のことは批判を交えてよく語るが、自分のことは語らない人など、つき合いにくい印象です。本人も不自由を感じて苦しいはずですが、どうやってヨロイを脱いだらよいのか、分からないのです。

実はヨロイの下には、たくさんの傷があって、いまだに癒やされていません。本当はそれを分かってほしいという気持ちを抱えてきたのです。考えれば、**ヨロイを必要とするのは戦場です。戦場のような世界にいて、苦しんだ結果のヨロイなのです。**

長年着続けた心のヨロイは、自分の一部のようになり、簡単に外すことができません。はずすには、ヨロイの奥にいる傷ついた子供のような自分を発見し、向き合ってやることが必要です。子供を癒やしたり、なだめたり、ほめたり、一緒に遊んだりと、できることは何でもして寄り添ってやりましょう。一人で重いヨロイを外すのは難しいので、一緒に手伝ってくれる人（専門家など）を探しましょう。

ヨロイの奥の子供が安心するにつれ、ヨロイがだんだん外れてきます。自分で作ったヨロイに閉じ込められていた自分を、今度は自分が解放するのです。

二〇二四年二月二十八日

102 竹取物語

紫式部が『源氏物語』に「物語の出来《いでき》はじめの祖《おや》」と書いた、日本最古の物語です。竹の中にいた小さな女の子が、竹取の翁《おきな》と嫗《おうな》に育てられます。成人して光り輝く美しい女性（かぐや姫）になり、貴公子たちの求婚を受けます。かぐや姫は、五人の貴公子に自分の指示する宝を探してくるように言いますが、誰もそれを達成できません。ついに帝が求愛しますが受け付けません。そして、自分は罪を犯して月から来たのですが、八月の十五夜に許されて月に帰ると語ります。阻止しようと帝の軍勢がかぐや姫を囲む中、迎えが来て月に帰っていきます。

物語としては、大変面白くできています。竹から生まれるという奇想天外な幕開け、無理難題の宝探しを言われ振り回される貴公子たちの可笑しさ、罪を背負った月の人という意表を突いた設定、そして月からの迎えと、想像を超えて次々と展開します。

さて、私は物語を離れ、どのようにすれば貴公子たちがかぐや姫の心を摑むことができたのか、考えてみました。

無理難題の課題を出すのは、かぐや姫自身が解決できない大きな苦しみを抱えていると考えることができます。そのように課題を読み替えて、苦しみを共有し、手助けしたいとかぐや姫に伝えるのです。

これは難しい宝探し以上に本気と覚悟が問われます。かぐや姫が応じてくれるか分からなくても、見返りを求めず気持ちを伝え続けることが必要です。

地球に流されるほどの罪を背負った人に、心を開く安心感を持ってもらうには、変わらず相手を思い続ける気持ちが必要だからです。かぐや姫が表面的には応じなくても、**見返りを求めず相手を思う気持ちは、必ず相手に届き、孤独な心を癒やすはずです。**

二〇二四年三月二十九日

おわりに

私たちが日々を生きるということは、何かを分かって受け容れる、その繰り返しです。もちろん全部を分かって受け容れられるわけではありませんから、分からないままのものが心のどこかに残っていきます。

これまで多くのクライアントの皆様と、互いに分かってないものを間に置いて、対話してきました。分かってないものの存在に向き合っていくうちに、互いに少しずつ分かってくる、その時間が大切なのだと思います。

このエッセイ集は、クライアントの皆様との出会いや対話を通して分かったものが、いろいろなテーマ（歴史や古典、映画なども含め）に結びついてできたものです。これまでお会いした皆様に、心から感謝したいと思います。

また、出版にあたって、励ましやアイデアをいただいた砂川正臣様、文章や構成に対し的確なアドバイスや提案をいただいた今泉ちえ様など、お世話になった文芸社の皆様に感謝いたします。

著者プロフィール

あごら　一音（あごら　ひとね）

福岡県在住。精神科作業療法士として病院に勤務し、各種の集団療法や心理劇、依存症の治療プログラムなどを行う。また、精神分析を学び、病院と並行して心療内科クリニックで20年間カウンセリングを担当。2017年より、「カウンセリングルーム福岡東あごら」を運営。

うつは誰のもの？

2024年９月15日　初版第１刷発行

著　者　あごら 一音
発行者　瓜谷 綱延
発行所　株式会社文芸社
〒160-0022　東京都新宿区新宿1－10－1
電話　03-5369-3060（代表）
03-5369-2299（販売）

印刷所　TOPPAN クロレ株式会社

ISBN978-4-286-25697-9　JASRAC 出 2404594－401